De la conveniencia al amor
Jessica Steele

HARLEQUIN™

Editado por HARLEQUIN IBÉRICA, S.A.
Núñez de Balboa, 56
28001 Madrid

I.S.B.N.: 978-84-671-7260-7
Depósito legal: B-16866-2009
Editor responsable: Luis Pugni
Preimpresión y fotomecánica: M.T. Color & Diseño, S.L.
C/. Colquide, 6 portal 2 - 3º H. 28230 Las Rozas (Madrid)
Impresión y encuadernación: LITOGRAFÍA ROSÉS, S.A.
C/. Energía, 11. 08850 Gavá (Barcelona)
Fecha impresión Argentina: 3.11.09
Distribuidor exclusivo para España: LOGISTA
Distribuidor para México: CODIPLYRSA
Distribuidores para Argentina: interior, BERTRAN, S.A.C. Vélez
Sársfield, 1950. Cap. Fed. / Buenos Aires y Gran Buenos Aires,
VACCARO SÁNCHEZ y Cía, S.A.
Distribuidor para Chile: DISTRIBUIDORA ALFA, S.A.

CAPÍTULO 1

PHELIX no había querido ir. Adoraba Suiza, pero sus visitas anteriores habían sido en invierno, en temporada de esquí.

Sin embargo, estaban en septiembre y, aparte de algunos restos blancos en los picos más altos, no había nieve. De hecho, el tiempo era soleado y agradable. Estaba en Davos Platz desde la noche anterior y seguía molesta porque, desde su punto de vista, no había razón para que estuviera allí.

Su padre había dicho que era por «negocios». Ella era abogada de empresa para Sistemas Edward Bradbury, la compañía de su padre. Pero no entendía por qué tenía que asistir a una conferencia de ingeniería científica, electrónica, eléctrica y mecánica que duraba una semana.

–No veo razón para ir –había protestado.

–¡Yo quiero que vayas! –había dicho Edward Bradbury.

En otros tiempos habría aceptado, por obligación. Pero ya no obedecía a ciegas y sin hacer preguntas todas las órdenes del maniático controlador que era su padre.

–¿Por qué? –había cuestionado. Había tardado mucho en llegar donde estaba y ser la persona que era. No quedaba rastro de la criatura patética y débil que había sido ocho años antes–. Si fuera una exigencia de trabajo, lo entendería. Pero que yo pase una semana en Suiza con un montón de científicos que…

–¡Hacer contactos! –había clamado Edward Bradbury. Le explicó que se rumoreaba que JEPC Holdings, una de las mayores empresas de la industria, estaba a punto de subcontratar gran parte de sus servicios de ingeniería. Lo habían invitado, así como a los grandes ejecutivos de la competencia, a ir a Suiza la semana siguiente y asistir a la conferencia en la que los directivos de JEPC tentarían el terreno y expondrían sus requisitos–. La empresa que consiga el contrato ganará millones –afirmó. Phelix siguió sin entender qué pintaba allí una abogada, si no había un contrato en firme a la vista–. Ward y Watson irán contigo. Quiero que estéis muy atentos y os enteréis de cualquier cosa que yo necesite saber.

Duncan Ward y Christopher Watson eran científicos y genios de la electrónica. A Phelix le caían bien, y la alegró que fueran a estar con ella, entre tanto discurso aburrido.

–Te he reservado habitación en uno de los mejores hoteles –había afirmado su padre, como si eso tuviera importancia.

–¿A Duncan Ward y a Chris Watson también?

–Por supuesto –afirmó él, dando por concluido el tema.

Pero Phelix no estaba de acuerdo. Al día siguiente fue a ver a Henry Scott, su amigo y mentor, que también era el abogado con mayor antigüedad en la empresa. Henry rondaba los sesenta y, según había descubierto a lo largo de los años, había sido muy buen amigo de su madre.

Un amigo excelente. Porque había sido a Henry a quien llamó su madre la noche de su muerte. La noche en la que se hartó de la crueldad de su dominante esposo e intentó huir de él.

Phelix recordó la terrible noche. Hacía muy mal tiempo y, tras ponerse algo de ropa y hacer esa llamada telefónica, Felicity Bradbury había abandonado su hogar. Phelix suponía que su madre había visto los faros del coche que se acercaba y había salido corriendo a la carretera, en medio de la tormenta. Pero no era Henry; y el conductor no había podido esquivarla. La tormenta había derribado un árbol y Henry estaba bloqueado en la carretera. Cuando llegó, por otra ruta, ya era tarde. La policía estaba allí.

No había llegado a tiempo para ayudar a Felicity, pero desde entonces le había dado su apoyo incondicional a su hija.

Había sido Henry quien, hacía ocho años, había aconsejado a Phelix cuando decidió que quería estudiar una carrera y trabajar.

—La abogacía empresarial no es tan aburrida como parece —le había dicho.

—¿Crees que podría ser abogada? —había preguntado ella, sintiendo un cosquilleo de excitación ante la perspectiva.

—Sé que podrías, si quieres. Eres inteligente, Phelix. Supondrá mucho trabajo, pero lo conseguirás, si realmente te interesan las leyes.

Ella había pensado que sí le interesaban. Había tenido mucha relación con abogados. Eran éticos y fiables, mucho más de lo que podía decir de su padre, tras haber descubierto su duplicidad.

A él, por supuesto, no le había parecido buena idea. Pero para entonces ella estaba a punto de recibir el diez por ciento de la sustanciosa herencia que le había dejado su abuelo paterno.

–¡He dicho que no! –había clamado Edward Bradbury Junior–. ¡Lo prohíbo!

En aquella época ella aún temía a su padre. Pero tenía muy reciente el descubrimiento de su falsedad, y decidió hacer un esfuerzo por librarse de las cadenas de su tiranía.

–Lo cierto, padre, es que tengo dieciocho años y no necesito tu permiso –había declarado.

Él, morado de rabia, había ido hacia ella con aspecto de querer golpearla. Phelix había hecho acopio de todo su coraje para no acobardarse.

–¡No pagaré tus estudios! –había escupido él, colérico.

–No hará falta–. He ido a ver a los abogados del abuelo Bradbury. Dicen que…

–¿Has hecho qué?

–Los sorprendió mucho saber que no había recibido sus cartas –más se había sorprendido ella al enterarse de lo que le había dejado su abuelo y de sus condiciones–. Pero lo que ocurriera con mi correspondencia privada ya no importa. Sé que tengo dinero de sobra para financiar mis estudios.

Edward Bradbury la había mirado con maldad. Phelix siempre había sabido que no sentía por ella especial aprecio o cariño y se había preguntado si las cosas habrían sido distintas si hubiera sido el varón que él anhelaba. Lo cierto era que nunca la había querido, y si alguna vez había amado a su madre, dejó de hacerlo cuando ella no pudo darle el heredero que tanto deseaba.

–¿Quieres que me vaya de casa? –le había ofrecido Phelix, esperanzada.

Debería haber supuesto que diría que no; era la intermediaria entre él y su ama de llaves, Grace Roberts. Phelix sabía que, tras la muerte de la dulce y gentil Felicity, Grace sólo había seguido en la casa por ella. Edward Bradbury no tenía duda de que si su hija se marchaba, Grace también se iría. Él disfrutaba de la cocina de Grace, de las camisas bien planchadas y del buen funcionamiento de la casa; no tenía ningún interés en buscar a una sustituta que estuviera a su altura.

–No, no quiero –había gritado él, ya saliendo de la habitación.

Phelix dejó sus recuerdos y pensó que era hora de ir al centro de congresos, aunque no tenía ningún interés por los eventos del día: presentación de los participantes. «Hacer contactos», como decía su padre.

Si no hubiera llamado a Henry desde el aeropuerto, el día anterior, no habría descubierto el verdadero porqué de la insistencia de su padre.

–¿En serio tengo que ir, Henry? –le había preguntado al veterano abogado.

–Tu padre reventará si no vas –había dicho él–. Aunque…

–¿Qué? –preguntó ella, intuyendo que iba a oír algo que no le gustaría.

–Tú vuelves dentro de una semana, ¿no?

–Tan pronto como pueda. Aunque supongo que debería aguantar hasta entonces. Mi padre y todos los jefazos estarán allí a partir del miércoles. ¡Gracias a Dios me libraré de eso!

—Ejem, no todos los jefazos esperarán hasta el miércoles que viene —había dicho Henry con gentileza. A ella le dio un bote el corazón, pero pensó que su padre nunca la enviaría en una misión como ésa si pensara por un momento que él estaría allí.

—¿Quién? —había preguntado, esperando una confirmación de sus sospechas.

—Ross Dawson —había dicho Henry, haciendo que ella sintiera una oleada de alivio.

Segundos después se transformó en irritación por el descaro autocrático de su padre. Ross Dawson era algunos años mayor que ella, que tenía veintiséis. Era hijo del presidente de Dawson y Cross y, sentía «algo» por ella, a pesar de que Phelix le había dicho a menudo que perdía el tiempo intentando conquistarla.

—¿Me harías un favor, Henry?

—Ya te lo he hecho —replicó él. Se rió y ella también. Era obvio que Henry Scott había supuesto que lo llamaría antes de salir de Londres.

—¿Dónde me alojo? —preguntó, sabiendo que Henry, sin necesidad de que ella se lo pidiera, había cambiado su reserva de hotel.

—En un hotel encantador, a un kilómetro del centro de congresos. Estarás bien allí.

—¿Has cancelado la otra reserva?

—Todo está arreglado —había asegurado Henry.

Phelix era consciente de que su padre se subiría por las paredes si se enteraba. Pero le daba igual. Sin duda, Ross Dawson estaría alojado en el hotel que su padre le había reservado. Era una típica maniobra paterna.

Phelix se miró en el espejo. Había nadado en la piscina del hotel esa mañana y resplandecía de salud. Examinó la imagen de la mujer elegante y sofisticada, de reluciente cabello negro que acariciaba su mandíbula. Usaba poco maquillaje, no lo necesitaba. Llevaba un inmaculado traje pantalón verde que resaltaba el color de sus ojos.

Asintió con aprobación. No quedaba ni rastro, al menos externamente, de la mujer tímida de pelo largo y alborotado de hacía ocho años. Y se alegraba de ello; había sido un largo camino.

Aunque había alquilado un coche en Zurich y conducido hasta Davos, optó por ir andando al centro de congresos. La reconcomía que su padre estuviera tan interesado en hacer negocios con Dawson y Cross como para utilizar el interés de Ross por ella para sus fines. Era obvio que suponía que, si pasaban una semana cerca el uno del otro, habría consecuencias.

Ni siquiera desechaba la posibilidad de que su padre hubiera telefoneado con alguna excusa para hacerle saber a Ross, uno de los directores de Dawson y Cross, que su hija pasaría la semana en Davos. La dolía y airaba que su padre, habiéndola vendido ya una vez, estuviera más que dispuesto a hacerlo de nuevo. ¡Por encima de su cadáver!

Gracias a Henry, al menos tenía la opción de pasar menos tiempo con Ross. Y no era que Ross no le gustara. Simplemente, odiaba que la manipularan. Y teniendo en cuenta el pasado, nadie podía culparla por ello.

Sabía que su padre mantenía una relación con su secretaria, Anna Fry, desde hacía años. Deseó que pudiera concentrar su atención en Anna y dejar de intentar manipularla a ella.

Cuando Phelix se acercaba al centro de congresos, vio a otros ejecutivos ir hacia la entrada. Esperaba que nadie se preguntara, como había hecho ella misma, por qué estaba allí. Al menos se había librado de encontrarse con Ross Dawson por sorpresa. Entró al edificio.

–¿Dónde estabas?

Se dio la vuelta y se encontró con Duncan Ward y Chris Watson, que iban a recibirla.

–Anoche te buscamos por todos sitios. En recepción nos dijeron que no habías llegado.

–Debería haberos avisado –dijo ella, halagada por su preocupación–. Lo siento. Pensé que estaría mejor en un hotel algo más alejado.

–Con eso quieres decir que puedes soportar nuestras charlas durante el día, pero luego quieres descansar en paz, ¿no? –bromeó Chris.

–Sabes que no –se rió. No pudo decir más porque alguien la llamó.

–¡Phelix! –Ross Dawson fue hacia ella.

–Hola, Ross –contestó ella. Mientras Ross le besaba las mejillas, vio a un hombre alto de pelo oscuro, que estaba con una mujer rubia y otro hombre. Fue el hombre de pelo oscuro quien llamó la atención de Phelix. Oyó un tronar en los oídos mientras intentaba negar que él pudiera estar allí. Consiguió desviar la mirada, no sin notar que él no se había percatado de su presencia.

Se estremeció por dentro. Hacía ocho años que no lo veía, y antes sólo lo había visto dos veces, pero lo habría reconocido en cualquier sitio. Entonces ella tenía dieciocho años, él diez más. Así que en la actualidad tendría treinta y seis.

Phelix se serenó al comprender que era imposible que él la reconociera. No se parecía en nada a la adolescente tímida y patosa de entonces. Aun así, anheló poder escapar.

Aunque se sintiera como un flan, Phelix sabía que no podía salir corriendo. Pero, en cuanto pudiera, les diría a Chris y Duncan que había olvidado algo, que tenía migraña, o pie de atleta, daba igual, y tenía que volver a su hotel. Y una vez allí reservaría un vuelo de vuelta a Londres.

Esperando, sin esperanza, que no fuera más que una mala pasada de su imaginación, volvió a mirarlo. ¡Era él! Era alto, pero aunque no lo fuera habría destacado entre la gente que lo rodeaba. Miró a su acompañante masculino y luego a la glamurosa rubia de un metro ochenta de altura. Tal vez fuera su novia. Su esposa no, sin duda.

Phelix, horrorizada al ver que miraba en su dirección, desvió la vista. Estaba acostumbrada a que los hombres le echaran un segundo vistazo, así que supuso que no era más que un interés pasajero. Escaseaba la representación femenina.

Intentó concentrarse en lo que hablaban Ross y los otros dos, pero vio de reojo que el hombre parecía encaminarse hacia ella. Muriéndose de angustia, Phelix rezó porque su intención fuese saludar a Ross y que a éste no se le ocurriera presentarlos; el nombre Phelix era inconfundible.

Se le secó la boca y su corazón se desbocó.

–Ross –dijo, saludó con la cabeza a Duncan y a Chris. Después volvió los ojos grises hacia ella. Phelix

consiguió mantener la serenidad, al menos exterior-
mente–. ¿Cómo estás, Phelix? –preguntó, como si la
hubiera visto a diario durante los últimos ocho años.

Ella tenía la garganta tan seca que dudó de poder
pronunciar una palabra. Sin embargo, la salvó el aplomo
que había adquirido desde la última vez que lo vio.

–Bien, Nathan –murmuró–. ¿Y tú?

–¿Os conocéis? –preguntó Ross.

–De hace mucho tiempo –contestó Nathan Mallory,
sin dejar de mirarla. Ella supuso que no podía creer lo
que veían sus ojos: que la ratita tímida y asustada de
hacía ocho años se hubiera transformado en una mujer
fría, elegante y serena.

–¿Has venido a la conferencia? –preguntó ella.
Deseó haberse mordido la lengua, porque la respuesta
era obvia.

–Uno de nuestros conferenciantes no ha podido venir, así que decidí sustituirlo.

Ella sonrió y asintió, sabía que su nombre no había
figurado en el programa. Consciente de que era probable que él estuviera en Davos la semana siguiente, con
el resto de los directores, había estudiado la lista minu-
ciosamente antes de acceder a asistir a la conferencia
como representante de Sistemas Edward Bradbury.

–Por favor, disculpadme –consiguió decir, intentando controlar las emociones y la ansiedad que la ate-
nazaban–. Tengo que ir a inscribirme.

De alguna manera consiguió que sus piernas la llevaran en la dirección que deseaba. Un rato después,
aunque no había tenido intención de seguir allí, se encontró sentada escuchando, sin oír una palabra, al orador que inauguró el acto.

A esas alturas había empezado a recuperarse del impacto de ver a Nathan Mallory después de tantos años. Además de alto y moreno, Nathan era guapo, y mucho. Un hombre que podría tener a cualquier mujer que eligiera. Pero Nathan Mallory era ¡su marido! A pesar de que ella utilizaba el nombre Phelix Bradbury, en realidad era la señora de Nathan Mallory. Phelix Mallory.

Hizo girar la alianza que él había puesto en su dedo y su mente retrocedió en el tiempo. Dejó de oír al conferenciante y volvió a estar en la fría casa que compartía con su padre, en Berkshire.

Su abuelo, el severo y dominante Edward Bradbury senior, había fallecido poco después que su madre. Phelix echaba mucho de menos a su cálida y cariñosa madre; tal vez su necesidad de calor y consuelo la había llevado a creerse enamorada de Lee Thompson, el hijo del jardinero.

Tenía la sensación de conocer a Lee desde siempre. Era tímida, pero a él no pareció importarle eso mientras florecía su romance. Sin embargo, había dejado que fuera ella quien le dijese a su padre que iban a casarse. Rememoró toda la escena y lo que siguió.

–¡Casarte! –había bramado su padre, atónito.

–Nos queremos.

–Puede que tú lo quieras, pero ya veremos en cuánto te valora él –había replicado Edward Bradbury con desdén. Así había acabado la conversación, y también el romance.

Cuando telefoneó a Lee descubrió que su padre había sido despedido y Lee chantajeado para que dejara de verla.

–¿Qué quieres decir con que mi padre pagará todos tus préstamos universitarios?

–Mira, Phelix, estoy muy endeudado. Fue una locura pensar que podríamos casarnos. ¡Viviríamos en la ruina! Tú no trabajas y…

–Buscaré empleo –afirmó ella.

–¿Qué podrías hacer? No tienes preparación. Y el dinero que ganases no sería suficiente para mantenernos a flote.

–¿Así que olvidarás nuestros planes por dinero? –lo acusó, con el orgullo herido.

–No tengo elección. Lo siento. No debería estar hablando contigo. Me arriesgo a perder la compensación extra que me prometió tu padre.

–Adiós, Lee –colgó el teléfono.

Unos días después había aceptado que le dolía más el orgullo que el corazón, y que no estaba enamorada de Lee. Su deseo de casarse se debía a la necesidad de un cambio urgente, de una vía de escape. Quería alejarse de su intimidante padre.

Era obvio que Lee tampoco había estado enamorado de ella; el matrimonio no habría durado. Sin embargo, no creía que su padre le hubiera hecho un favor. Seguía queriendo escapar. Analizó la posibilidad de irse y vivir sola y comprendió que no podía permitirse ni el hostal más barato. Lee tenía razón, nadie le daría trabajo.

Pasó una semana más; estaba muy deprimida cuando su padre la llamó a su despacho.

–Siéntate –sugirió, con voz más cálida de lo normal. Ella obedeció–. Acabo de enterarme de las condiciones del testamento de tu abuelo.

–Ah, sí –murmuró ella, cortés. El abuelo Bradbury

había sido tan avaro como su hijo, así que debía de ser muy rico. Pero si le había dejado algo, habría impuesto condiciones.

–Tu abuelo ha sido muy generoso contigo.

–¿En serio? –exclamó, sorprendida. Su abuelo, en vida, nunca se había interesado por ella.

–Pero me temo que no podrás reclamar tu herencia hasta que cumplas los veinticinco años –aclaró él, matando su esperanza y su júbilo–. Bueno, a no ser que…

–¿A no ser que…? –lo animó ella.

–¿Sabes lo importante que era para él la santidad del matrimonio?

Phelix pensaba que en realidad le importaba más la iniquidad del divorcio. Había sido una fijación desde que su mujer lo abandonó y se divorció de él. Había transmitido ese odio a su hijo. La madre de Phelix le había confesado que su padre había entrado en cólera cuando, años antes, le había pedido el divorcio. Casi había tenido una apoplejía y le había prohibido llevarse a su hija. «Cuando cumplas los dieciocho, nos iremos las dos», le había prometido su madre.

–Eh, sí –contestó Phelix al ver a su padre tamborilear con los dedos sobre la mesa.

–Así que es obvio que quería que fueras feliz –comentó su padre, casi sonriendo.

–Sí –aceptó ella, que no lo creía en absoluto.

–Por eso insertó una cláusula especial en su testamento. Si te casas antes de cumplir los veinticinco años, podrás recibir un diez por ciento de la cuantiosa suma que te ha dejado.

–¿De verdad? –su ánimo subió a las alturas para volver a cero de inmediato. Si hubiera ocurrido dos semanas antes podría haberse casado con Lee y obtener la libertad, hasta cierto punto. Pero se alegraba de que el romance hubiera acabado; casarse con él habría sido un gran error.

—Tu abuelo no quería que pasases penurias si te casabas joven.

—Entiendo.

—¿Qué opinas al respecto?

—Bueno, no me importaría tener algo de dinero propio —se atrevió a decir. Era la primera vez que su padre le pedía su opinión. Edward Bradbury le había prohibido trabajar en algo que pudiera avergonzarlo y le daba una asignación mínima.

—Tendré que ver si podemos encontrarte un marido adecuado —osó decir él, que había chantajeado a quien podría haber sido su esposo.

La conversación había concluido así, pero cuarenta y ocho horas después había vuelto a convocarla a su despacho.

—Respecto a ese problemilla.

—¿Qué problemilla?

Él la había mirado con impaciencia.

—El marido que dije que te buscaría.

—¡No quiero un marido! —protestó ella.

—Claro que sí —refutó él—. Quieres tu herencia, ¿no? Ese diez por ciento es mucho dinero.

—Sí, pero…

—Por supuesto, anularemos el matrimonio de inmediato —siguió él—, sólo necesito el certificado para llevárselo a los abogados de tu abuelo…

—Un momento —se atrevió a interrumpir—. ¿Estás diciendo que has encontrado un hombre para que me case y reclame ese diez por ciento?

–Exacto.

–¿Es Lee? –preguntó ella, incrédula y confusa.

–¡Claro que no! –escupió Edward Bradbury.

–Pero… has encontrado a alguien…

–¡Dios! –clamó su padre, exasperado–. Eso es lo que acabo de decir.

–¿Y en cuanto tenga el certificado de matrimonio podré divorciarme? –Phelix se preguntó dónde estaba su inteligencia cuando más falta le hacía. No quería casarse y además su padre odiaba el divorcio. Algo fallaba.

–No hará falta que te divorcies. Como nunca vivirás con él, bastará con la anulación.

A su pesar, Phelix sintió un destello de interés. Tal vez incluso de excitación.

–¿Cuántos años tiene? –preguntó, diciéndose que, por más que quisiera su libertad, no iba a casarse con un matusalén colega de su padre.

–Tiene veintiocho años.

El destello se convirtió en una llamita. Veintiocho no estaba mal. Podría reclamar su diez por ciento y después…

–¿Y ese hombre está dispuesto a casarse conmigo para que obtenga parte de mi herencia? –no se fiaba de su padre, no podía ir a ciegas.

–Es lo que acabo de decir –contestó él.

Entonces Phelix no había sabido lo diabólico que podía llegar a ser su padre, pero algo seguía sin cuadrar. Empezó a utilizar el cerebro que sus profesores halagaban.

–¿Qué gana él?

–¿Qué quieres decir con eso?

Phelix no era consciente de su potencial. Se consideraba una chica normalita, de dieciocho años, sin posibilidad de conseguir un empleo. Aunque el matrimonio se anulara de inmediato, no veía a ningún hombre casándose con ella sólo por complacer a su padre.

–¿Trabaja para ti? –preguntó, sospechando que estaba coaccionando a algún pobre hombre.

–Su padre y él tienen su propia empresa de electrónica científica –contestó él, irritado.

–No lo entiendo –persistió ella, consciente de que estaba enfadando a su padre.

–¡Por Dios santo! –clamó su padre con furia–. He oído decir que Nathan Mallory y su padre tienen problemas económicos. Le dije al hijo que los sacaría del hoyo si hacía esto por mí.

A ella le costaba creer que su padre estuviera dispuesto a ayudar a la competencia. Por otro lado, necesitaba su libertad.

–¿Has dicho que le darás dinero si…?

–¡Darle no! He dicho que si se casa contigo le entregaré un cheque, un préstamo, que podrá devolverme dentro de dos años. ¿Necesitas saber algo más?

–¿Él sabe que no será permanente? –que Nathan Mallory fuera a salir tan beneficiado como ella tranquilizaba su conciencia–. El matrimonio quiero decir. Estás seguro de que…

–Lo he visto con algunas de las bellezas que suelen acompañarlo, créeme, pedirá a sus abogados que anulen la boda antes de que el confeti caiga al suelo –dijo su padre con su antipatía y falta de respeto habitual.

Pero no había sido así. Ni había habido confeti. De hecho, nada había sido como pretendía Edward Bradbury. Él había creído que podrían casarse con una licencia especial y concluir el asunto en una semana. Pero de hecho, quince días antes, tuvieron que ir juntos al juzgado de paz y anunciar su intención de casarse.

Tres semanas antes de la fecha de la boda, Phelix había ido al juzgado a conocer al hombre con quien se iba a casar. Su padre había alegado una reunión importante para no acompañarla.

—¿Cómo lo reconoceré? —había preguntado, ansiosa.

—Él te reconocerá a ti.

Supuso que su padre la había descrito. Un minuto después de su llegada, entró un hombre alto y moreno y fue hacia ella. Tenía aspecto sofisticado y era muy guapo.

—Hola, Phelix —había dicho. Ella estuvo a punto de morirse allí mismo.

—Hola —contestó con timidez, consciente de que se había ruborizado.

—Parece que tendremos que esperar unos minutos. ¿Nos sentamos ahí? —sugirió él con voz modulada y acento culto. Tocó su codo y la llevó hacia un rincón de la sala. Ella deseó decir algo, lo que fuera, pero tenía la mente en blanco.

Él, sin embargo, aunque cortés y educado, no quería equívocos respecto a las razones que motivaban lo que iban a hacer.

—¿Estás contenta con seguir adelante, Phelix?

—Sí —musitó ella con timidez.

—¿Tus razones son las que alegó tu padre? —insistió él, queriendo que todo quedara claro.

—Mi abuelo… No puedo reclamar la herencia que me ha dejado hasta los veinticinco años. Pero si me caso recibiré un diez por ciento –su voz adquirió más fuerza–. Y…, me gustaría tener algo de dinero propio.

–¿Estás pensando en ir a la universidad?

–No –contestó ella. Le habría parecido desleal admitir que su padre había vetado esa posibilidad mucho tiempo antes.

–¿No trabajas?

Ella había vuelto a sonrojarse. No podía decirle a ese hombre, que seguramente respetaba a su padre, que Edward Bradbury era un tirano que aplastaba sus deseos, igual que había hecho con los de su madre cuando aún vivía.

–No –repitió. Harta de parecer carente de espíritu, decidió atacar–. Creo que tú también has aceptado por motivos económicos, ¿no?

–Tardaré años en tener dinero suficiente para casarme de verdad –dijo él. Miró su cabello recogido atrás, que revelaba sus delicadas facciones, espléndida complexión y grandes ojos verdes–. ¿Entiendes que nuestro matrimonio acabará en cuanto salgamos del juzgado, Phelix?

–Sí, y eso es perfecto para mí –le contestó, modosa. Entonces él esbozó una sonrisa y ella se enamoró un poquito.

CAPÍTULO 2

UNA salva de aplausos devolvió a Phelix al presente.

–Ha estado muy bien, ¿no crees? –preguntó Duncan Ward, que estaba sentado a su lado.

–Yo diría que sí –contestó, aunque no había escuchado una sola palabra.

–¿Vienes a tomar café? –preguntó Ross Dawson desde el pasillo, separándose de su grupo.

–¿Vamos? –preguntó Phelix a sus dos colegas.

–Estoy tan seco que no podría ni mojar un sello–, aceptó Chris Watson con una sonrisita, consciente de que Ross no los había incluido en la invitación.

Unos minutos después, Phelix esperaba con Duncan a que Chris y Ross les llevaran el café.

–¿Vas a quedarte toda la semana? –preguntó Duncan. Chris y él habían llegado en un vuelo anterior y era su primera oportunidad de hablar.

–Mi padre opina que beneficiará a la empresa que me queda hasta la clausura, el lunes por la noche –ella seguía sin entender por qué. Sin embargo, marcharse no le parecía tan urgente como un par de horas antes. Era obvio que Nathan, aunque había ido a saludarla, no tenía intención de decirle a nadie que era su marido.

Miró a su izquierda, por donde llegaban Ross y

Chris. Nathan estaba en su línea de visión, hablando con la altísima rubia.

Phelix, con el estómago hecho un nudo, desvió la mirada. Nathan Mallory siempre la había afectado. Volvió a sentir el deseo de irse. Pero en los últimos ocho años había descubierto que tenía muchas más agallas de lo que había creído, así que se quedó allí, sonriendo, riendo y charlando con sus tres acompañantes masculinos.

–¿Comes conmigo? –preguntó Ross, mientras volvían hacia sus asientos.

–Lo siento. Tengo trabajo que hacer.

–¡No puedes trabajar todo el tiempo! –protestó él.

–No tengo respuesta para eso –dijo ella con una sonrisa, aunque estar sentada escuchando charlas no le parecía trabajo. El pobre Ross no tenía la culpa de no atraerla románticamente.

–¿Cenamos, entonces? –persistió él.

Estuvo a punto de decir que aceptaría si Chris y Duncan cenaban con ellos. Pero supuso que preferirían divertirse lejos de la mirada de la hija del jefe. Así que sonrió.

–Siempre y cuando no vuelvas a pedirme matrimonio –aceptó. Ross era inofensivo.

–Eres dura de corazón, Phelix. Si alguna vez veo a ese mítico esposo tuyo, se lo diré.

–A las siete en tu hotel –rió ella. Movió la cabeza y se encontró con los ojos de Nathan Mallory. No era ningún mito. Le sonrió y él la miró con solemnidad. Luego le devolvió la sonrisa y a ella le dio un brinco el corazón.

***

Phelix estaba en su asiento, con el firme propósito de atender. El orador era algo aburrido, pero se concentraba en palabras clave como «situación de mercado» y «sistemas y adquisiciones». Seguía sin saber qué pintaba ella allí. Aparte, por supuesto, la idiota esperanza que tenía su padre de que Ross Dawson y ella se unieran para que él, Edward Bradbury, pudiera llegar a dirigir algún día un imperio formado por la fusión de Bradbury, Dawson & Cross.

No tenía ninguna opción. Ross había mencionado a su «mítico esposo». Ella no recordaba cuándo había hecho correr la voz de que estaba casada; seguramente cuando descubrió hasta qué punto carecía de escrúpulos su padre.

Hasta ese momento ni habría soñado con contrariar sus deseos, había pesado la más la actitud de su madre: «Cualquier cosa por una vida tranquila». Seguramente el que Nathan se enfrentara a él había sido lo que inició el cambio.

Phelix, comprendiendo que corría el peligro de abstraerse de nuevo, se concentró en el orador. «Las reuniones cara a cara son más efectivas que las videoconferencias», decía. Ella no tenía ni idea de qué tenía eso que ver con su negocio y supo que tenía que prestar más atención.

El descanso para comer era largo, así que Phelix volvió a su hotel. Su padre había querido que «hiciera contactos», pero le daba igual. Sabía que era mentira.

Ya en su habitación, abrió el ordenador portátil. Sin embargo, decidió no trabajar. Puso fruta, el trozo de tarta y el bombón que había sobre la mesita en una bandeja, salió al balcón y ocupó la tumbona.

El paisaje era impresionante. En primer plano había una iglesia, con un reloj que le recordó que debía volver al centro de congresos, y detrás majestuosas montañas y bosques de pinos a derecha e izquierda… Se descubrió pensando en Nathan Mallory y dio rumbo libre a su mente.

Se habían casado un día cálido y húmedo. Ella había lucido lo que entonces había considerado un elegante traje chaqueta color azul. Debía de haber pasado días angustiada porque, aunque le había quedado bien cuando lo compró, el día de la boda colgaba de su cuerpo como un trapo. Nathan, en cambio, había estado muy elegante, aunque serio.

Su padre había esperado una importante llamada telefónica de negocios y no había asistido a la boda. Había dicho que estaría en casa cuando regresaran. Eso había disgustado a Nathan, porque tendría que volver con ella a la casa a intercambiar el certificado de boda por el cheque que salvaría a Mallory & Mallory de la ruina.

—Lo siento —había tartamudeado Phelix, temiendo que Nathan diera marcha atrás.

—¿Qué clase de padre es? —había farfullado Nathan. Pero había cumplido su parte del trato; incluso le había dado la mano cuando salían del juzgado.

—¿Ya está? —había preguntado ella, nerviosa.

—Sí. Supongo que harán falta algunas formalidades más para romper el lazo…

Sin embargo, el lazo nunca se rompió. Su matrimonio nunca llegó a ser anulado.

—¿Dónde has dejado tu coche? —había preguntado Nathan, escoltándola al aparcamiento.

—No conduzco —había contestado ella, empezando a

sentir vergüenza de la criatura inútil en la que se había convertido, por culpa de las circunstancias. En cuanto tuviera su diez por ciento se sacaría el carné de conducir, dijera lo que dijera su padre. Compraría un coche…

–Iremos en el mío –había dicho Nathan.

Su casa era grande e imponente y, a pesar de los esfuerzos de Grace Roberts por alegrarla con flores, muy poco acogedora. Grace no sabía que la hija de la casa acababa de contraer matrimonio con su guapo acompañante y la trató como siempre.

–Tu padre ha tenido que salir urgentemente –le dijo, cariñosa–. Me dijo que dejaras el documento en su despacho y que él se encargaría de todo.

El rostro de Phelix se puso rojo como la grana; empezó a temer que su padre tuviera la intención de no cumplir su parte del trato con Nathan Mallory. Que Nathan, tras cumplir la suya, se quedaría sin nada.

–Gracias, Grace –consiguió decir–. Éste es el señor Mallory…

–¿Preparo un té? –preguntó Grace, dándose cuenta de que estaba incómoda por algo.

–Eso sería muy agradable –respondió Phelix. Grace puso rumbo a la cocina–. Mi padre debe de haberte dejado un sobre en el despacho –le sugirió a él. Con la esperanza, fatua, de que sus temores fueran infundados, lo condujo al despacho.

Pero no había ningún sobre. El rubor volvió a teñir sus mejillas. Creyó morirse de humillación.

–Lo siento –susurró al hombre de ojos, súbitamente fríos, que la acompañaba–. Estoy segura de que mi padre volverá pronto –dijo, con más esperanza que convicción–. ¿Tomamos el té mientras lo esperamos?

Aparte de Henry Scott, que a veces iba a la casa con documentos importantes que su padre debía firmar, Phelix no tenía costumbre de hacer de anfitriona. Si su padre se retrasaba, había sido Felicity quien ofrecía a Henry algún tentempié.

Así que, imitando los modales corteses de su madre, Phelix le sirvió el té a su nuevo y, supuestamente temporal, esposo.

–¿Está todo a tu gusto? –había preguntado Grace con aire profesional. Era su tarde libre, iba al teatro y dormiría en casa de una amiga.

–Todo está perfecto, Grace, gracias. Disfruta de la obra –la despidió Phelix.

–¿Lleva Grace mucho tiempo con vosotros? –preguntó Nathan, por educación.

–Unos seis años. Adoraba a mi madre.

–Tu madre murió hace poco en un accidente de tráfico, ¿no es así?

Phelix no quería hablar de eso. Nunca olvidaría el horror de esa noche. Había sido un día parecido a ése. Cálido, húmedo y con amenaza de tormenta en el aire.

–Lo siento muchísimo –dijo con brusquedad–. No sé qué habrá retenido a mi padre –estaba segura de que Nathan no quería pasar con ella un minuto más de lo estrictamente necesario–. Mira, si tienes que ir a algún sitio, puedo llamarte en cuanto llegue mi padre.

Nathan Mallory la había mirado largamente, como si sospechara que intentaba darle largas, igual que su padre.

–Esperaré –dijo, concediéndole el beneficio de la duda–. Ese cheque es mi última esperanza.

Phelix había sabido, por la tensión de su mandíbula,

que Nathan Mallory estaba tragándose una píldora muy amarga para salvar la empresa familiar. Tras cumplir su parte del trato, tenía que esperar al hombre que lo había sugerido. Sin embargo, sus fríos ojos grises denotaban claramente que anhelaba marcharse. Que si hubiera tenido otra opción, lo habría hecho. Ella misma se sentía humillada, no podía imaginar qué estaría sintiendo ese orgulloso hombre. Pero se quedaba por la empresa, por su padre.

–¿Sabe tu padre lo de hoy? –le preguntó

–Pensé que sería mejor tener el cheque en la mano antes de decírselo.

–Lo siento –le dijo con voz queda. Se sintió aún peor–. De verdad.

–Lo sé –dijo él. Su expresión se suavizó.

Y pasaron dos horas sin rastro de su padre.

–¿Podrías disculparme? –Phelix fue al despacho para llamar a la secretaria y amante de su padre. Pero Anna Fry le dijo que desconocía su paradero–. ¿Está libre el señor Scott? –la secretaria transfirió la llamada–. ¿Henry? Soy Phelix. ¿Sabes dónde está mi padre? Necesito hablar con él urgentemente.

Henry tampoco sabía nada pero, alarmado por el tono de su voz, se ofreció a ir a ayudarla. Phelix le dio las gracias y rechazó su oferta.

Volvió con Nathan, le ofreció un periódico y empezó a angustiarse por otra cosa. El cielo estaba gris cuando oyó el primer trueno. Las tormentas la aterrorizaban.

Intentó pensar en otra cosa, pero el primer relámpago le hizo revivir la noche de la muerte de su madre. Había habido una terrible tormenta. Dormía en su cama cuando un trueno la despertó. Se había incorporado, casi esperando la llegada de su madre, que también odiaba las tormentas.

Cuando la tormenta incrementó su violencia, Phelix fue al dormitorio de su madre, a comprobar que estaba bien. Abrió la puerta y dos relámpagos seguidos iluminaron la habitación. La escena que vio la estremeció. Su madre no estaba sola en la cama, Edward Bradbury estaba allí también.

–¿Qué haces? –había gritado Phelix. Era obvio que estaba asaltando a su madre.

Su padre había rugido que se marchara. Pero al menos la interrupción sirvió para desviar su atención un momento; su madre consiguió saltar de la cama y echarse una bata encima.

–Vuelve a la cama, cariño –le había dicho.

Phelix no había sabido qué la aterrorizaba más, si la tormenta o la horrible escena que había quedado grabada en su mente. No iba a irse.

–No, yo...

–Hablaremos mañana –había prometido su madre, empujándola fuera. Fueron las últimas palabras que le dijo. Por la mañana había muerto.

Un relámpago le hizo recordar que estaba en el salón con el hombre con quien se había casado. Iba a ser otra tormenta horrorosa. La lluvia golpeaba las ventanas; un relámpago iluminó la habitación y Phelix tuvo que contener un grito.

–¿Te importaría mucho esperar solo? –preguntó, temiendo derrumbarse y gritar de pánico o echar a correr.

–En absoluto –dijo Nathan. Comprendiendo que seguramente prefería estar solo, ella se fue.

Con la esperanza de acostarse y taparse hasta la cabeza hasta que llegara la mañana, cuando su padre habría pagado a Nathan lo prometido, Phelix se desnudó y se puso el camisón.

Se metió en la cama, pero dejó la lámpara encendida. No quería revivir en la oscuridad la horrible escena que había visto en el dormitorio de su madre aquella noche. Phelix cerró los ojos e intentó dormir. Resultó imposible.

No sabía qué hora era cuando la tormenta se hizo aún más violenta. Tras un trueno impresionante, se fue la luz. Sólo le quedaron los relámpagos y la escena de la cara malévola de su padre y su madre suplicando. Para librarse de las imágenes que la atormentaban, Phelix se recordó que tal vez seguía teniendo un invitado, un esposo que había dejado solo y que tampoco tendría luz.

Salió de la habitación y corrió escaleras abajo.

–¡Nathan! –gritó, muerta de miedo.

Un relámpago le permitió ver que seguía allí, la había oído y había salido de la sala en su busca.

–¿Estás bien? –preguntó él.

–Oh, Nathan –exclamó ella con tristeza. Que siguiera allí era indicativo de cuánto necesitaba ese dinero. Él se acercó con largas zancadas y puso las manos sobre sus hombros.

–¿Tienes miedo? –preguntó él, amable.

–Terror –admitió ella.

–Estás temblando –murmuró Nathan, rodeando sus hombros con un brazo.

–Mi madre murió una noche como ésta –farfulló ella.

–Pobrecita. Vamos, te acompañaré a la cama.

Ella se quedó paralizada al oír su voz cariñosa y comprensiva. Él no se lo pensó. Alzó su cuerpo y subió las escaleras con ella en brazos, iluminado por los continuos relámpagos. Phelix había dejado la puerta del dormitorio abierta de par en par. Nathan entró, la depositó en la cama y la tapó.

—¡No me dejes! —suplicó ella cuando un fuerte trueno rasgó de nuevo el silencio de la noche.

Se avergonzó de sí misma, pero no lo bastante como para desdecirse. Tras un momento de duda, Nathan se quitó los zapatos y la chaqueta y se tumbó en la cama, a su lado. Era una cama de uno veinte pero, aunque ella medía casi un metro ochenta, apenas ocupaba espacio.

—Estás a salvo —le dijo él, agarrando su mano.

Ella había bajado pensando que él se sentiría incómodo en una casa desconocida y a oscuras. Pero allí estaba, tranquilizándola. Volvió a sentir vergüenza, pero otro relámpago la llevó de nuevo a la pesadilla que no quería recordar. Aferró la mano de Nathan.

—Shh, estás bien —la tranquilizó—. Pronto pasará.

Soltó su mano, posiblemente porque ella estaba a punto de romperle los dedos, y puso un brazo sobre sus hombros. Ella, instintivamente, se giró y enterró el rostro en su pecho.

No supo cuándo se había quedado dormida. Pero la despertó la luz, al encenderse de nuevo.

—¡Oh! —exclamó, sentándose—. ¡Oh! —Nathan seguía en la cama a su lado. Él se levantó sin hablar—. Nathan, lo siento mucho —se disculpó. La tormenta había acabado.

Al ver que él escrutaba su rostro atribulado, sintió aún más vergüenza. Ese hombre se había casado con ella por nada. Había confiado en la palabra de su padre, para nada. Deseó echarse a llorar, pero se contuvo, él ya había sufrido bastante sin tener que aguantar sus lágrimas.

–¡No has cenado! –exclamó, horrorizada, aunque ella tampoco había tomado nada. En ese momento los faros de un coche iluminaron la entrada–. Mi padre ha vuelto –le dijo.

–Me sorprende que se haya molestado –contestó él, inclinándose para ponerse los zapatos.

–¿Qué vas a hacer? –preguntó ella, convencida de que su padre no iba a hacer honor a su palabra.

–La verdad, no lo sé –contestó Nathan con voz tersa. A Phelix le dolió el alma.

–Puedes quedarte con mi dinero –le ofreció–. Aún no sé cuánto será, pero te lo daré todo. Yo…

–Déjalo, por favor –Nathan sonrió con amargura.

–¿No lo quieres?

–Sin ánimo de ser agrio, pequeña, me cortaría el cuello antes de tocar un penique del dinero de los Bradbury –dijo él con voz seca.

Ese «pequeña» evitó que el comentario fuera todo lo hiriente que podría haber sido.

Ambos oyeron a su padre subir la escaleras. Nathan, con el brillo de la batalla en los ojos, agarró su chaqueta y salió. Phelix odiaba las confrontaciones. Ésa empezó en cuanto su padre vio a Nathan salir del dormitorio.

–¿A qué diablos juegas? –rugió Edward Bradbury.

–¡Podría hacer la misma pregunta!

–Lo he comprobado, te has casado con ella –dijo su padre con voz satisfecha.

–Cumplí mi parte del trato.

–¡Mala suerte!

–¿Estás diciendo que nunca tuviste intención de entregarme ese cheque?

–Pensé que ya lo tendrías claro –su padre sonrió. Entonces fue cuando Phelix descubrió que tenía más agallas de las que creía. No podía seguir allí sentada escuchando cómo su padre se regodeaba–. Puedes olvidarte del cheque.

–¡Padre! –Phelix salió del dormitorio asqueada y más avergonzada que nunca de su progenitor–. No puedes…

–¡No te atrevas a decirme lo que puedo y no puedo hacer! –le gritó su padre.

–Pero le debes…

–¡Nada! Puede olvidarse del dinero, y…

–Y usted, señor –lo cortó Nathan–, ¡puede meterse su dinero donde le quepa! –tal vez porque llevaba horas pensando y porque Phelix le había ofrecido darle su dinero, Nathan intuyó que esperaba una ganancia adicional con todo el asunto–. Y ya que estamos –siguió, con ojos brillantes de furia–, ¡puede olvidarse de la anulación del matrimonio!

–¿Qué has dicho? –exigió Edward Bradbury, más afectado de lo que Phelix lo había visto nunca.

–¡Exactamente lo que ha oído!

Phelix vio que su padre miraba el dormitorio y que la furia asolaba su rostro. Estaba paralizado.

–¿Eso es verdad? –le gritó a su hija en camisón–. ¿Es verdad? –rugió. Ella se puso roja como la grana. Era ingenua, pero sabía qué estaba preguntando su padre–. ¿Lo es?

A ella se le secó la garganta. No sabía qué estaba

ocurriendo pero, por lo que entendía, Nathan quería vengarse de su padre haciéndole creer que habían sido... amantes. Volvió a sonrojarse hasta la orejas. Pero pensó que le debía más lealtad a Nathan que a su padre.

–Si estás preguntando si he dormido con Nathan, padre, la respuesta es sí. Sí, lo he hecho –contestó. No se atrevió a mirar a Nathan, pero entendía bien lo que implicaba la mentira y también intuyó que había dicho lo correcto. Porque Nathan alzó la barbilla y se dirigió a su padre.

–Tráguese eso y agítelo, Bradbury –se dio la vuelta y bajó las escaleras.

No había vuelto a verlo. A pesar del fracaso de su plan, Edward Bradbury había buscado maneras alternativas de anular el matrimonio. Seguía haciéndolo unos días después, cuando Phelix había descubierto el porqué.

Asqueada porque su propio padre hubiera intentado engañarla, Phelix había perdido el poco respeto que sentía por él. Por primera vez, se negó en redondo a acceder a sus exigencias. No habría anulación ni divorcio.

Si se lo hubiera pedido Nathan, habría aceptado de inmediato. Pero él no lo había hecho.

Las campanadas del reloj de la iglesia devolvieron a Phelix al presente. Tenía que volver a la conferencia. No había vuelto a ver a Nathan desde su noche de bodas. Recordó su amabilidad y la calidez de su brazo en los hombros...

Regresó al centro de congresos diciéndose que tenía que dejar de pensar en el pasado.

No habría ido a Davos si hubiera sabido que Nathan Mallory estaría allí, pero no tenía tanta importancia. La había saludado y en eso acabaría todo.

Sin embargo, mientras iba a reunirse con Duncan y

Chris, se alegró de estar menos delgada, de tener las curvas necesarias en su sitio y de haber desarrollado estilo y elegancia.

Se sentó y vio a Nathan Mallory unas filas más allá. Ella no había buscado anulación o divorcio. Y como no había recibido ninguna solicitud de él, aunque le sobraba dinero para casarse, suponía que no había nadie especial en su vida.

Intentó concentrarse en la charla sobre «Visión y estrategia», pero la alegró que llegara el descanso. Le dijo a Chris que salía a tomar el aire y se escabulló antes de que Ross la asaltara.

Era un día soleado, demasiado bonito para estar encerrada. Paseó hasta el parque contiguo, sintiéndose bien.

—¿Estás disfrutando de tu libertad? —preguntó una voz familiar a su espalda.

Ella se volvió y alzó la vista hacia los ojos grises de Nathan Mallory.

—¡No esperaba que estuvieras aquí! —exclamó ella, sin pensarlo.

—¿Te habrías mantenido alejada de saberlo?

Phelix titubeó, pero no quería que Nathan la considerase tan deshonesta como a su padre. Con esfuerzo, consiguió recuperar la compostura.

—Sigo sintiéndome fatal cada vez que pienso en nuestro último encuentro —sabía que él nunca olvidaría el día de su boda ni el resultado—. Te ha ido muy bien desde entonces.

Él podría haber dicho que no había sido gracias a los Bradbury; su padre y él se habían dejado la piel, día y noche, para dar la vuelta a la empresa y convertirla en un gran negocio.

–A ti tampoco te ha ido mal, por lo que sé –dijo, en cambio. No hizo referencia a su cambio de aspecto, pero ella vio que lo pensaba–. ¿Estiramos las piernas un rato? –sugirió.

Ella sintió cierto nerviosismo. Pero él nunca le había hecho mal; más bien al contrario. Recordaba su apoyo durante aquella tormenta. Accedió y empezaron a pasear.

–¿Sabías que estudié Derecho?

–Sí. Conozco a Henry Scott –contestó Nathan–. Nos encontramos a veces en reuniones de negocios o eventos benéficos. Sabía que él trabajaba en Bradbury y una vez le pregunté cómo te iba. Te tiene mucho aprecio.

–Henry es un cielo. Dudo que hubiera aprobado los exámenes sin su ayuda.

–Por lo que dice él, habrías aprobado en cualquier caso –Nathan la miró–. Has cambiado.

–¡Falta me hacía! –sabía que había cambiado para mejor–. Cuando pienso en el pasado…

–No lo hagas –cortó Nathan–. No mires atrás.

–Tienes razón, claro –encogió los hombros.

–Háblame de la nueva Phelix Bradbury.

–No hay mucho que contar –dijo ella–. Me esforcé mucho y aquí estoy.

–¿Ése es tu resumen de ocho años? –preguntó él, escéptico. Se detuvo y se miraron a los ojos.

A ella se le aceleró el pulso. En el fondo, siempre había sabido que llegaría el día en que tuvieran que hablar de lo ocurrido. Tomó aire.

–Lo que estás preguntando en realidad es por qué quería mi padre verme casada y soltera de nuevo con la velocidad del rayo –apuntó ella, sorprendida al oír que su voz sonaba serena.

–Estaría bien empezar por ahí –murmuró él.

Se lo debía. Le debía mucho más que hablarle de sí misma. Y supuso que quería saberlo todo.

–Estoy segura de que lo has adivinado –comentó. Lo miró y vio que asentía.

–Estaba demasiado desesperado por la necesidad de salvar la empresa para analizar los rincones ocultos de la oferta de tu padre. Pero cuando comprendí que me había engañado, lo hice. No conocía «el porqué», pero no hizo falta ser un genio para intuir, demasiado tarde, que tu padre tenía otras razones para querer verte casada y soltera en un abrir y cerrar de ojos.

Ella se estremeció al oír ese «demasiado tarde», pero estaba más que justificado.

–Fuiste más rápido que yo –admitió, ella, recordando aquella noche–. Por eso hiciste creer a mi padre que la anulación no podía justificarse, ¿no?

–Era la primera vez que lo veía contigo. Me pareció obvio, por su forma de hablar de ti y de hablarte, que le importaba la anulación más que tú. Más que ninguna otra cosa –Nathan se encogió de hombros–. Aunque estaba furioso, me pregunté por qué, si le importabas tan poco, quería ayudarte a conseguir ese diez por ciento de tu herencia.

–¿Imaginaste que había otra razón?

–Para entonces ya no me fiaba de él. No tardé en descubrir que, siendo el tiburón que es, él debía de tener algo que ganar.

Ella supuso que debería molestarla que llamara tiburón a su padre, pero Nathan Mallory decía la verdad. Era innegable.

–Lo tenía –admitió. Conocedora de la realidad del

testamento de su abuelo, no podía defender a su padre.
Y dado que el hombre que se había casado con ella era
quien más había sufrido, no veía razón para justificar
el atroz comportamiento de su padre–. Tenía mucho que
ganar –confesó–. Algo que no podía reclamar si yo seguía casada.

–¿No pensarás acabar la historia ahí? –preguntó Nathan, mientras seguían caminando.

–Mi padre tenía planes que requerían la anulación
del matrimonio –dijo, su padre no merecía su lealtad y
Nathan tenía derecho a la verdad–. Lo sabías, ¿no?

–Lo intuí, más que saberlo –la miró con fijeza–. ¿Tú
lo sabías antes de…?

–¡No! –negó ella–. Ni siquiera lo sospechaba. No
tenía ni idea. Seguía a oscuras la mañana siguiente,
cuando Henry Scott vino a casa a comentar unos con-
tratos con mi padre. Mi padre recibió una llamada de
negocios y yo le preparé café a Henry. Nuestra ama de
llaves, Grace, no había regresado aún –recordó Phelix.

–Sí, la tarde anterior había ido al teatro.

–¡Te acuerdas!

–No he olvidado un minuto de esa noche.

A ella le dio un vuelco el corazón.

–Grace sigue con nosotros. Hace años que podría
haberse jubilado pero… Da igual –Phelix intentó reto-
mar el hilo de la conversación–. Yo estaba deprimida,
aún llorando la súbita muerte de mi madre y… En fin,
Henry, con la paciencia de un santo, me sonsacó lo que
había ocurrido.

–¿Le dijiste que te habías casado? –la voz de Nathan sonó fría, inquisitiva.

–¡No hace falta que seas tan duro! Me sentía fatal

por cómo habías sido tratado. Le dije que mi padre no había pagado una cantidad que le había prometido a un hombre de negocios, en mala situación económica, por casarse conmigo. Pero no dije quién era el hombre en cuestión.

—Entonces, ¿le dijiste a Henry Scott que te habías casado y por qué? –preguntó Nathan.

—Sí, y me alegro –contestó ella–. Henry es más astuto que yo. Me preguntó si había visto el testamento de mi abuelo. Por supuesto, respondí que no. Y Henry me preguntó qué decía la carta de sus abogados.

—Y no la habías recibido –adivinó Nathan.

—Tú también eres más astuto que yo.

—Estabas demasiado cerca de todo para ver las cosas con perspectiva, como Henry y yo.

—Supongo que tienes razón. En cualquier caso… –calló–. Debo estar aburriéndote con esto.

—No te atrevas a parar ahora –ordenó Nathan–. ¡Llevo ocho años esperando para oírlo!

—Yo… intento no ser demasiado desleal con mi padre –musitó ella, avergonzada.

—¡Dios santo, mujer! –masculló Nathan, deteniéndose–. ¿Crees que ese hombre merece tu lealtad? –Phelix miró sus airados ojos grises–. Por sus propios fines, fueran cuales fueran, ¡te utilizó! –de repente, Nathan pareció controlar su ira–. Tienes mi palabra, Phelix, hiciera lo que hiciera tu padre, no lo haré público.

Phelix no había creído que llegaría el día en que pasearía por un parque con un hombre a quien no conocía, por mucho que fuera su marido, revelando la deleznable traición de su padre.

Titubeaba, aun sabiendo que la explicación era de

ley. Su padre había intentado arruinar a Nathan y él tenía derecho a saberlo todo. Tomó aire y empezó a andar de nuevo.

–Henry, que conoce a todo el mundo, me telefoneó después de volver a su despacho para decirme que había concertado una cita con los abogados de mi abuelo.

–¿Se lo dijiste a tu padre?

–Entonces empecé a madurar –negó con la cabeza, reviviendo su asombro en aquella reunión–. Los abogados no entendían que no hubiera recibido ninguna de sus muchas cartas –entonces ella había comprendido por qué su padre había empezado a trabajar en casa por la mañana: para secuestrar el correo–. Pero yo me sorprendí tanto como ellos cuando me dijeron que mi abuelo, contrario al divorcio, había puesto condiciones. Como me había dicho mi padre, si me casaba antes de los veinticinco, recibiría un diez por ciento del total. Pero, si ponía fin al matrimonio, ya fuera por anulación o divorcio, antes de los veinticinco, el resto del dinero y una considerable cartera de acciones de Sistemas Edward Bradbury pasarían a manos de mi padre.

–¡Dios! ¡Ese hombre es un…! –Nathan calló–. Quería tus acciones. La anulación del matrimonio las habría puesto en sus manos de inmediato.

–Sí, la anulación es rápida. El divorcio habría supuesto estar casados más de un año.

–Y tu padre no quería esperar tanto tiempo.

–Así es –admitió ella–. Ahí acaba la sórdida historia –le sorprendió ver que sus labios se curvaban con una sonrisa.

–¿Y qué te parece haber chafado sus planes?

Ella no pudo controlar una sonrisa. Le había seguido

el juego a Nathan al negar la posibilidad de anulación de la boda.

—Dije la verdad. Había dormido contigo.

—No, no —refutó Nathan—. Me acuerdo de todo.

Phelix se sonrojó y decidió cambiar de tema.

—¿Qué opinas de la conferencia por ahora? —preguntó. Había dado a Nathan la explicación que merecía, quería dejar eso atrás.

—¡Llevas una alianza! —exclamó Nathan.

—Supongo que es porque estoy casada.

—¿Estás viviendo con alguien?

—No. ¡Ya puedes echar a correr! —rió ella.

—Soy más valiente que eso —murmuró él con admiración—. Y lo demostraré: cenaremos juntos.

Tal vez porque se sentía incómoda por lo revelado, o porque la molestó que asumiera que aceptaría la invitación, se negó.

—Lo siento. Ya tengo compromiso para cenar.

—¿Acaso no tengo yo, como humilde marido, prioridad sobre otros? —farfulló Nathan.

—Creo que «humilde» es una palabra que no cuadra contigo —le dijo. Ambos sonrieron y ella sintió un cosquilleo de amor en el corazón.

CAPÍTULO 3

PHELIX, mientras se vestía para ir a cenar con Ross, se dijo que tenía que dejar de pensar en Nathan Mallory.

No sabía si había sido demasiado amistosa con él. Debería de sentirse como si hubiera sido desleal con su padre, pero no era el caso.

Recordó cuánto la había impactado oír el testamento de su abuelo. La había devastado comprender hasta qué punto su padre estaba dispuesto a traicionarla. Si hubiera anulado ese matrimonio, lo habría perdido todo, a favor de su padre. Y eso era lo que él había pretendido.

También había comprendido por qué se había opuesto radicalmente a su boda con Lee Thompson. No habría habido posibilidad de anulación y, si se hubieran divorciado, habría sido demasiado tarde. Edward Bradbury sabía que, antes o después, ella se enteraría de las cláusulas del testamento y no había querido arriesgarse.

Y ella no se había dado cuenta de lo que ocurría. Por suerte, Nathan había sido más avispado y había intuido la verdad mientras esperaba que llegara su padre con el cheque.

Phelix, ya de vuelta en el presente, condujo hasta el hotel de Ross, pensando que se alegraba de haber hablado con Nathan.

–¡Tan deslumbrante como siempre! –dijo Ross al verla.

—Eres genial para mi ego –sonrió ella.

—Sólo digo la verdad –la escoltó al comedor.

Phelix siempre lo había considerado directo y sin complicaciones, se sentía cómoda con él. Era uno de los pocos hombres con los que salía; él sabía desde su primera cita que estaba casada y que, aunque cenara con ella, no llegaría más lejos. Sin embargo, seguía intentándolo.

–¿Sabe tu esposo dónde estás esta noche? –preguntó, mientras miraban la carta. Siempre intentaba sonsacarla sobre su «mítico marido».

—De hecho sí –admitió ella, en vez de rehuir la pregunta–. Sabe que estoy en Davos.

–¿Lo sabe?

–Sí –confirmó ella.

–¿Y por qué sigues viviendo con tu padre? ¿Por qué no vives con ese marido fantasma?

—Viaja mucho.

–¿No está en Inglaterra ahora? –presionó Ross.

—No, está en el extranjero.

–¿Dónde?

–¿Necesitas saberlo? –preguntó Phelix, empezando a desear haber cambiado de tema.

—Me gustaría conocerlo.

–¿Por qué?

—Me gustaría pedirle que te concediera el divorcio; así podrías casarte conmigo.

Llegado ese punto, Phelix se echó a reír. Y al hacerlo alzó la vista y se encontró con los gélidos ojos de Nathan Mallory, el hombre en cuestión.

Él y su acompañante acababan de entrar al comedor. Phelix lo hubiera saludado, pero se quedó helada cuando él siguió su camino tras una leve inclinación de cabeza.

–¿Lo harás?

Phelix, con el corazón a ritmo de samba, volvió a prestar atención a Ross Dawson.

–¿Hacer qué? –preguntó, dolida por la actitud distante de Nathan Mallory, que iba acompañado de la despampanante rubia.

–Acabo de pedirte que te cases conmigo.

–¡Prometiste no hacerlo! –exclamó Phelix, pensando que odiaba que su acompañante del parque se hubiera transformado en un hombre distante, después de que ella rechazara su invitación a cenar.

–¿Estás casada de verdad? –preguntó Ross.

–Estoy cenando contigo, Ross, porque me caes bien –suspiró Phelix–. Mi matrimonio no es algo que quiera comentar.

–¿Estás diciendo que mis opciones son aceptarlo o cenar solo? –inquirió él, trágico.

–Resumiendo, sí. Lo siento, Ross.

–A tu padre le gustaría vernos juntos.

Ésa era una buena razón para evitarlo. Pero la deslealtad hacia su padre sólo podía expresarla con Nathan y Henry, nadie más.

–¿Qué opinas de la reunión por ahora? –preguntó ella, para cambiar de tema.

–Te quiero, ya lo sabes.

–Entonces cómete las espinacas, y compórtate.

Él soltó una carcajada y ella aceptó para sí que le tenía mucho cariño, pero no lo amaba.

Mientras cenaban, Phelix sintió, más de una docena

de veces, el deseo de mirar a Nathan y a la rubia, pero consiguió controlarlo.

Se alegró de que acabara la cena. Seguía concentrándose en no mirar a Nathan cuando abandonaron el comedor. Le extrañaba que no la hubiera saludado más que con la cabeza, después de su encuentro de esa tarde.

Phelix, comprendiendo que se estaba dando demasiada importancia, se alegró de ir vestida a la última. Su vestido verde, que caía justo por encima de la rodilla, era pura elegancia. Salió del comedor con el brazo de Ross en la espalda; no le gustaba la sensación, pero esperó a estar fuera del restaurante para librase él.

—¿Te apetece la última copa? —preguntó Ross.

—Mejor no.

—¡No pensarás volver a trabajar ahora!

—¿Por qué no? —inquirió ella, que no había utilizado el portátil desde su llegada.

—Te acompañaré a tu hotel —ofreció Ross.

—He venido en coche.

—Un día de éstos… —aventuró él.

—Buenas noches, Ross.

Él la acompañó hasta el coche. La besó en las mejillas y tocó sus brazos como si deseara abrazarla, pero se controló. Se dieron las buenas noches sonrientes.

Phelix no sonreía cuando entró en su habitación. Nathan Mallory se había atrevido a ignorarla porque estaba cenando con la espectacular rubia. Despotricó contra él cinco minutos, no estaba acostumbrada a que los hombres la trataran así. Cuando pensó que se divorciaría de ese cerdo sin dudarlo, su sentido del humor resurgió y empezó a reírse.

Llevaban ocho años casados sin cruzar una palabra.

Y lo cierto era que no quería divorciarse. Tal vez, después de la conferencia disfrutaría de ocho años más de armonía sin verlo.

Se duchó y se cepilló los dientes. Para cuando se metió en la cama, había admitido que no le gustaría pasar ocho años más sin ver a Nathan.

Al día siguiente, temprano, mientras nadaba, recordó lo que había pensado antes de dormirse, pero lo descartó como una tontería.

Seguía diciéndose que no le importaría no verlo nunca cuando, de camino a desayunar, se encontró con él. Phelix salía del ascensor y él regresaba del comedor.

–Phelix –dijo él, intentando ocultar su sorpresa porque hubieran elegido el mismo hotel.

–Nathan –lo saludó con la cabeza, alzó la barbilla y se alejó. Se preguntó si se alojaba allí o si estaba de paso, con la rubia. Prefería no saberlo.

Se le había quitado el hambre y sólo tomó cereales y café, pero no le apetecía salir del comedor. Comprendió que era porque la preocupaba encontrárselo de nuevo. Era ridículo.

Enfadada consigo misma, salió del comedor. No lo vio en el hotel ni de camino al centro de congresos. Sin embargo allí estaba, en el mismo asiento que había ocupado el día anterior. Estuvo más pendiente de él que del orador. Tras la presentación y la ronda de aplausos, vio a Nathan Mallory ir hacia el podio.

Sin saber por qué, se relajó cuando Nathan empezó a hablar, obviamente cómodo con el tema de su charla. Más extraño aún fue que su corazón se llenara de orgullo cuando, aparte de un certificado matrimonial, no tenían nada en común. Hablaba con claridad, concisión y seguridad. En un momento dado pareció mirarla directamente y titubear un instante.

Cuando concluyó recibió un bien merecido aplauso. Phelix se sentía orgullosa y emocionada. Necesitaba estar sola y la alegró que anunciaran un descanso.

–¿Café? –le sugirió Duncan.

–Creo que volveré a mi hotel. Tengo que hacer unas llamadas –le contestó, dispuesta a inventar cualquier excusa para estar sola.

Consiguió salir del salón y comenzó a caminar por el paseo, hacia su hotel. Nathan había estado fantástico, sólo con mirarlo…

No sabía por qué estaba teniendo tanto efecto en ella. Lo admiraba y con razón; no se había escuchado una mosca mientras él hablaba.

Sin embargo, eso no explicaba que se sintiera tan confusa con respecto a él como para tener que escapar. Se dio cuenta de que había andado bastante y bajó el ritmo. No estaba segura de querer regresar a su hotel.

Vio que se estaba acercando al funicular de Schatzalp, que la llevaría montaña arriba. Se decía que Davos era la ciudad suiza que estaba a mayor altura. Necesitaba despejar la cabeza y el aire puro de la montaña la ayudaría.

En vez de volver al centro de congresos, Phelix giró a la derecha. Cinco minutos después estaba sentada en una de las cabinas del funicular, esperando a que iniciara la subida.

Otra persona entró en la cabina. Muda de asombro, se sonrojó y sus emociones se alborotaron. Miró al hombre alto y moreno.

–¿Estás haciendo novillos? –preguntó Nathan Mallory, ecuánime.

–No todo puede scr trabajo y trabajo… –consiguió decir Phelix, mientras él se sentaba–. Buen discurso, por cierto –comentó. Comprendió que seguramente también había decidido subir a la montaña para despejar la cabeza–. Ejem, si prefieres estar solo… –empezó.

–Si quisiera estar solo no te habría seguido desde el centro de congresos.

–¿Me has seguido? –preguntó ella con sorpresa. La cabina empezó a moverse. La noche anterior la había ignorado y en cambio ahora… Decidió adoptar un aire impersonal–. No te servirá de nada hablarme de negocios, yo me dedico a la parte legal, así que no sé…

–No me interesan los negocios de tu familia –interrumpió Nathan, que parecía más interesado en disfrutar del viaje que en aclararle por qué la había seguido.

Cuando salieron de la cabina, unos seis minutos después, Nathan fue hacia la cafetería.

–¿Tomamos café? –le sugirió.

Se sentaron en la terraza, para disfrutar del aire puro y admirar el paisaje.

Nathan pidió café, que llegó acompañado de una galletita con forma de corazón. Phelix pensó que si no la había seguido para hablar de negocios, debía de tener alguna razón personal.

Pero él no parecía tener ninguna prisa por empezar. Ella, por su parte, empezó a relajarse y disfrutar del entorno y decidió que prefería que no hablase si su intención era sugerir el divorcio. Él habría podido poner fin al matrimonio en cualquier momento, no necesitaba hablarlo con ella.

La vista era espectacular y Phelix dejó que sus ojos se perdieran en la distancia. No quería el divorcio. Le resultaba muy conveniente estar casada. Pero su padre había engañado a Nathan y si él quería el divorcio, no dudaría en aceptar.

–¿Te alojas en el Schweizerhof? –preguntó ella. Deseó de inmediato no haberlo hecho. Si había ido de visita, prefería no saberlo.

–Pensé que mi equipo estaría más relajado si no estaba en el mismo hotel que ellos.

–¿Sois tres? –preguntó ella. Quería saber cuál era su vínculo con la rubia, sin ser obvia.

–El plan siempre fue que viniéramos tres –contestó él, sin ayudarla en absoluto.

–Tú, sustituyendo al empleado que no pudo venir, el otro hombre y… –no pudo contenerse–, … ¿la mujer rubia? Perdona –se disculpó de inmediato, no sabía qué le estaba ocurriendo–. Tal vez la mujer sea una amiga personal, más que…

–Dulcie Green es una científica –dijo él–. Brillante en su campo. Somos muy afortunados por contar con ella. Pero, entre nosotros –murmuró con voz de conspiración–, anoche habría preferido cenar con mi esposa.

Phelix se echó a reír. Ya lo dijera en serio, o por amabilidad, parecía sugerir que había invitado a Dulcie Green a cenar por cortesía, y que el otro miembro del grupo había estado ocupado.

–¿Y qué me dices de ti? –preguntó Nathan–. Tampoco te alojas con Ward y Watson.

No le pareció apropiado admitir que estaría con ellos si su padre se hubiera salido con la suya.

—¿Dónde se aloja Dawson? –preguntó Nathan de repente.

—¿Qué tiene que ver Ross con esto? –preguntó ella, mirándolo con sorpresa.

—¿Qué es para ti?

—¿Qué quieres decir con eso?

—Sabes bien lo que quiero decir.

Tal y como ella lo recordaba, mientras cenaban Ross había estado de espaldas a Nathan. Supuso que había visto su rostro cuando se levantaron para marcharse.

—Eh… –no sabía cómo contestar.

—¿Sabe que estás casada?

—Lo sabe –contestó–. No estoy segura de que lo crea, por más que se lo repito, pero lo sabe.

—¿Piensas casarte con él?

—Estoy contenta con mi matrimonio actual, gracias. ¿Lo estás tú? –preguntó, ofreciéndole la posibilidad de sincerarse si la había seguido para sugerirle el divorcio.

—Entonces, ¿no hay nadie especial en tu vida?

—¿Quién tiene tiempo para eso? –le devolvió ella. Observó su aspecto viril un momento–. Bueno –rectificó con una risita–, tú lo tendrías. Harías tiempo. Pero…

—¿Has estado muy ocupada con tu carrera?

—Ya sabes cómo es eso –encogió los hombros levemente–. Tú también habrás trabajado muchas horas, noches y fines de semana, para llegar donde querías.

—Como tú –esbozó una sonrisa que a ella le derritió los huesos–. ¿No hay nadie especial?

—Estuvo a punto de haberlo –dijo ella. Pero no quería hablar de cosas desagradables–. He terminado mi café, creo que iré a pasear.

—Bajaremos andando –dijo Nathan, tras levantarse

y mirar a su alrededor. Phelix abrió la boca para protestar, no estaba acostumbrada a que nadie tomara decisiones por ella–. Llevas el calzado adecuado –añadió él, sin mirarle los pies. Ella comprendió que la había observado antes, fijándose en sus zapatos planos.

No protestó. Acababa de darse cuenta de que le encantaría bajar a Davos caminando con él.

–¿Haces mucho ejercicio? –le preguntó, mientras tomaban el serpenteante camino que bajaba de la montaña.

–Todo el que puedo. Es fantástico estar al aire libre. ¿Y tú? –preguntó él, iniciando el descenso, que duraba unos cuarenta minutos.

–Tenemos piscina en casa. Nado casi todas la mañanas –contestó ella. Era maravilloso estar rodeada de pinos, ver a alguna ardilla correr tronco arriba y observar a distintas variedades de pájaros revolotear y posarse en las ramas.

–Habrás tenido amantes, claro –comentó Nathan después, con total desvergüenza.

–¿Seguimos hablando de hacer ejercicio, supongo? –inquirió ella con voz seca.

–En realidad no –tuvo la decencia de hacer una mueca y el corazón de ella se saltó un latido–. Aunque algo tarde, me gustaría saber más de la deslumbrante mujer con quien llevo años casado.

Ella lo miró boquiabierta. No sabía qué la sorprendía más, que Nathan la considerase deslumbrante o que quisiera saber más sobre ella.

–¿Por eso me seguiste, para preguntar…?

–No fue sólo para interesarme por tu vida amorosa –dijo Nathan–. Aunque admito que me intriga que luzcas una alianza.

–¿Crees que no debería hacerlo?

–No te irrites. ¿Es la que yo puse en tu dedo?

–Nunca pensé que te molestaría. Es decir, como nadie sabe con quién estoy casada…

–No me molesta –interrumpió él.

–Resultó muy útil cuando no quería salir con nadie para concentrarme en mis estudios.

–Apuesto a que irrita muchísimo a tu padre –apuntó Nathan.

–Podría decirse eso –contestó Phelix con ligereza, recordando la bronca que habían tenido la primera vez que él vio la alianza en su dedo. Él había gritado y amenazado; ella, firme por primera vez, se había negado a quitársela.

–Con o sin alianza, muchos hombres querrán salir contigo –dijo Nathan, cambiando de enfoque.

–He tenido citas –admitió ella, consciente de que Nathan la escrutaba–. Nada serio.

–¿Estás diciendo que no has tenido ningún amante? –era obvio que no la creía–. ¿Dawson…?

–Esta conversación me incomoda –protestó ella. Pero no quería que se separaran como enemigos–. Ni Ross, ni nadie –añadió, cuando llegaban a una curva del sendero. Nathan se detuvo bruscamente y chocó con él; en sus prisas por apartarse su pie resbaló en un montón de gravilla. Si Nathan no la hubiera sujetado, habría caído. La apretó contra sí, equilibrándola.

–¿Nadie? –insistió–. Nunca has… –la miró con cálida sorpresa. A ella se le secó la boca.

–Nunca –murmuró ella. Él bajó la vista hacia sus labios entreabiertos y supo que iba a besarla.

Pero ella estaba conmocionada por su proximidad,

por sentir sus manos sujetándola; no estaba preparada. Se apartó y, de inmediato, deseó no haberlo hecho. Deseaba que la besase, sentir su cálida y maravillosa boca. Demasiado tarde. No volvería a tener la oportunidad de disfrutar de un beso suyo.

Nathan no hizo intención de retenerla. La soltó, puso espacio entre ellos y siguió bajando por el serpenteante sendero. Phelix recuperó la compostura y se convenció de que se había equivocado al pensar que iba a besarla; habían sido sus emociones a flor de piel lo que la habían llevado a imaginarlo.

Caminaban lado a lado, pero no juntos, y ella intentaba concentrarse en ardillas, pájaros, árboles y piñas cuando él volvió a hablar.

—¿Tienes problemas con los hombres, Phelix?

—¿Lo dices porque no he tenido amantes?

—No del todo —contestó Nathan—. Tienes veintiséis años y sería lógico que hubieras tenido experiencias. Pero adivino que tu infancia fue bastante mala. Tu madre murió trágicamente y dudo que tu padre sea un hombre muy sensible.

—¿Estás psicoanalizándome? —protestó ella.

—Me siento culpable por no haberme puesto en contacto contigo para comprobar que las cosas te iban bien.

—¡No me debes nada! —exclamó ella.

—Te di mi apellido —afirmó él—. Debería de haber hecho más.

—¡Bobadas! —replicó Phelix, cortante. Se arrepintió de su tono. No sabía qué le ocurría. Pasaba del calor al frío, del enfado al arrepentimiento y no quería quedar mal con él—. Además, aparte de que tu padre y tú debisteis mataros a trabajar para darle la vuelta a la empresa, le preguntaste a Henry Scott cómo me iban las cosas y qué hacía en la vida.

–Ah, sí, Henry –murmuró Nathan. En ese momento llegaron a una bifurcación. Un poste indicaba que una carretera llevaba al centro de congresos y la otra al hotel donde se alojaban.

–Yo voy por allí –dijo Phelix, deteniéndose.

–Yo tengo una comida de negocios –dijo Nathan, con voz de lamentar no poder seguir a su lado. Phelix pensó que no era más que puro arte de seducción–. Te invitaría a venir, pero trabajas para la competencia.

–Tal vez habría aceptado, si hubiera pensado que confiabas en mí –respondió ella, altanera.

De repente, se miraron a los ojos y sonrieron.

–¿Quieres venir? –la invitó él.

–Será mejor que no –contestó ella con voz ronca. La invitación la había emocionado. Antes de que pudiera alejarse, Nathan se acercó.

–Eres una mujer muy bella –le dijo. Se inclinó y besó su mejilla. Luego dio un paso atrás.

–Tú tampoco estás nada mal –consiguió decir ella. Soltó el aire y se volvió hacia el camino que debía seguir, temiendo cambiar de opinión y aceptar comer con él.

Se alejó con la mente y el corazón desbocados. No entendía cómo había sucedido. Tragó saliva, devastada por una verdad que no podía negar. ¡Lo amaba! ¡Quería a Nathan Mallory!

Necesitaba ayuda. Se había enamorado de Nathan. De ese marido que podía pedirle el divorcio en cualquier momento.

CAPÍTULO 4

PHELIX volvió al hotel anonadada. Le habría gustado creer que sólo sentía atracción por Nathan. Pero no era así y lo sabía muy bien.

Había sucedido tan rápido que le costaba creerlo, pero ahí estaba. Y no iba a cambiar. ¡Estaba locamente enamorada de Nathan Mallory!

Tenía la mente tan desbordada que hasta que no estuvo en su habitación no comprendió cuánto debía confiar Nathan en ella. Si hubiera ido a comer con él, la habría presentado como Phelix Bradbury. Eso habría dejado muy claro quién era y podría haber estropeado el posible negocio que tuviera entre manos. No hacía falta decir que su padre, un hombre de negocios duro como el que más, debía de haber irritado a mucha gente.

Sin embargo, ella estaba más preocupada por Nathan que por su padre y los negocios. No entendía cómo se había enamorado así de él. Aunque no podía negar que siempre había sentido cierta debilidad por él.

Recordó lo amable que había sido con ella ocho años antes, cuando se comportó como un conejito asustado. Seguía odiando las tormentas y, mientras recordase a su padre asaltando a su madre, no dejaría de odiarlas.

Nathan, sabiendo sólo que su madre había fallecido

una noche de tormenta, la había acunado entre sus brazos hasta que se durmió. Era lógico que le tuviera aprecio.

Recordó que sólo había tomado un bol de cereales a la hora del desayuno y la galletita con forma de corazón en la montaña. Salió del hotel, buscó una cafetería y comió algo. Después decidió volver a la conferencia; ya había hecho novillos media mañana. Además, incluso si no intercambiaban una palabra, quería ver a Nathan.

Sin embargo, sufrió una gran decepción. Su asiento estuvo vacío toda la tarde. La rubia y el otro miembro del equipo estaban allí, pero Nathan Mallory no. Empezó a dolerle el corazón.

Supo que le esperaba más de lo mismo y le costaría soportarlo. Tras haber dado su charla, la razón de su presencia allí, y celebrado su comida de negocios, había muchas posibilidades de que Nathan estuviera camino de Londres.

—¿Vas a cenar conmigo esta noche? —le preguntó Ross Dawson antes de que pudiera escapar del centro de congresos.

—Imposible —dijo ella con una sonrisa de disculpa. Su apetito había desaparecido de nuevo y, por agradable que fuera Ross, no quería ni comida ni compañía.

—¡No puedes trabajar más! —protestó él—. ¡En casa siempre estás trabajando! Pero aquí…

—Nos veremos mañana, Ross —interrumpió ella con firmeza. Escuchó algunas quejas más y, para poder huir, aceptó comer con él al día siguiente.

Hacía una tarde soleada y, ya en su habitación, Phelix salió al balcón, se sentó en la tumbona e intentó asimilar lo que le había ocurrido. Amaba a Nathan y él estaba de camino a Inglaterra; no volvería a verlo en ocho años y se sentía incapaz de soportarlo.

Su amor era demasiado reciente para poder concentrarse en qué debía hacer. O para pensar en un futuro sin él, sin ver su sonrisa traviesa. Sintió frío y se dio cuenta de que el sol se había ocultado tras la montaña más alta.

Decidió matar algo de tiempo dándose una ducha. No tenía hambre, pero más tarde podría pedir algo al servicio de habitaciones.

Nathan no abandonó su mente un segundo mientras se duchaba. Estaba secándose cuando llamaron a la puerta. Imaginando que sería personal del hotel, que iba a revisar el minibar o a comprobar que todo estaba en orden, Phelix se puso el albornoz y fue a abrir.

No era personal del hotel, era Nathan Mallory.

–Yo… eh –tartamudeó, con el corazón desbocado. Él la miró en silencio. Tenía la cara lavada y sin maquillar y, mientras buscaba algo que decir, supo que se había puesto roja como la grana–. Pensé… creí que habías vuelto a Londres.

–¿Haría yo eso? –preguntó él, lacónico.

Ella no supo cómo interpretar la respuesta. Sólo sabía que estaba encantada de verlo y que él debía de estar interesado si había pedido su número de habitación en recepción.

–¿Vas a quedarte el resto de la conferencia? –preguntó ella–. Pensé que una vez finalizada tu charla, como los altos directivos no llegarán hasta el miércoles… –se calló, sorprendida de que la persona reservada que solía ser estuviera parloteando como una tonta. De pronto, se dio cuenta de que estaba allí en albornoz, que se le había abierto y que, dada la altura de Nathan, él debía tener una buena panorámica de la curva de sus senos.

–¡No estoy vestida! –exclamó. Nathan sonrió de medio lado y lo adoró por ello.

–Ya lo había adivinado –dijo él, estiró los brazos y cerró la parte superior de su albornoz–. De cualquier otra mujer, habría interpretado eso como una invitación –ella sintió un escalofrío con el contacto de sus cálidos dedos–. Pero conociéndote un poco, Phelix, diría que me estás indicando que te sientes incómoda y no te importaría que te dejase vestirte en paz.

Ella estaba demasiado confusa para saber qué había pretendido indicar. Sólo sabía que no quería que se fuera si eso implicaba no verlo de nuevo.

–¿Qué querías? –preguntó con una sonrisa.

–He pensado que, como rechazaste mi invitación a comer, ¿tal vez aceptarías cenar?

–¿Contigo? –preguntó ella, amable. Hizo un esfuerzo supremo para no sonreír de oreja a oreja.

–Sólo conmigo –confirmó él–. Tienes tiempo de sobra para decirle a Dawson que no puedes ir.

Ella no pudo contener una risa.

–¿Dónde? –preguntó, risueña.

–Imagino que preferirás que sea lejos del hotel de Dawson, ¿no? –parecía complacido porque hubiera aceptado su invitación.

–Sería más correcto –admitió ella. Al fin y al cabo, había rechazado la invitación de Dawson.

–¿Qué te parece cenar aquí?

–Estaría bien –aceptó ella, pensando que sería absolutamente maravilloso.

–Vendré a buscarte a las siete –dijo él, mirándola a los ojos.

–Bien –contestó. Eso no le daba mucho tiempo. Cerró la puerta y entró en acción. Mientras pensaba qué ponerse, descubrió que, de repente, se moría de hambre.

Llevaba un vestido hasta la rodilla, de seda color ámbar dorado, cuando Nathan llamó a su puerta. No lo hizo esperar. Sólo con oírle decir «Phelix», se le doblaron las rodillas.

Fue el principio de la velada más maravillosa de su vida. Nathan la escoltó al bar y le indicó que se sentara en un sofá, mientras él se sentaba en un sillón, a su izquierda. A ella le pareció perfecto, porque eso le permitía mirarlo cuanto quisiera. Por supuesto, él también podía mirarla a ella, pero Phelix había tenido tiempo de conminarse a no demostrar, mediante palabra, mirada o acción, lo que sentía por él.

Un camarero se acercó a preguntar qué querían. Phelix pidió un gin-tonic y Nathan un whisky escocés.

–¿No tienes prisa por cenar? –preguntó Nathan.

–En absoluto –dijo Phelix. No le habría importado cenar a medianoche si eso implicaba pasar más tiempo con él–. Es agradable poder relajarse un rato –añadió.

–¿Sigues trabajando muchas horas?

Ella sonrió sin poder evitarlo, aunque empezaba a preguntarse si sería mejor racionar las sonrisas. Estar con él la hacía feliz.

–Ya sabes cómo son las cosas –dijo. Estaba segura de que un hombre como él no salía corriendo del despacho cuando daban las cinco.

–¿Te gusta tu trabajo?

–La verdad es que sí. Sobre todo, porque trabajo para Henry. He aprendido mucho de él desde que me licencié –de repente, se le ocurrió algo terrible–. Trabajo de verdad, supongo que lo sabes. Que sea la hija del jefe no implica que…

–No lo dudo –interpuso Nathan–. Conociendo a tu padre, diría que te ganas cada penique de tu sueldo y más.

Ella se sintió un poco estúpida. No había tenido necesidad de defenderse. Pero Nathan no le dio mucho tiempo para sentirse tonta.

–¿Quién decidió que te unieras a la empresa?

–Fue parte del trato que hice con mi padre –confesó ella, percibiendo que Nathan no divulgaría sus secretos–. Él siempre me había controlado, como debes saber. Era… difícil. Pero, a pesar de todo, no pude superar que hubiera faltado a su palabra contigo.

–Olvídalo –apuntó Nathan con voz queda. Pero ella sabía que él nunca no lo olvidaría, ni lo perdonaría, tampoco.

–¿Lo sabe tu padre? –preguntó, impulsiva.

–¿Lo de la boda? –Nathan escrutó su rostro antes de contestar con sinceridad–. Iba a reservarme la información hasta que tuviera el cheque en la mano. Entonces le habría dicho cómo lo había conseguido –hizo una pausa–. No tenía sentido entristecerlo con la noticia, después.

–Lo siento –musitó ella.

–No eres tú quien debería de pedir disculpas –afirmó Nathan comprensivo–. Sigue, ¿qué te llevó a estudiar leyes y unirte a la empresa familiar?

–No quiero aburrirte.

–Dudo que pudieras hacerlo –bromeó él.

–Bueno… –se preguntó cómo seguir–. La razón de que quisiera ese diez por ciento de mi herencia era poder irme de casa.

–Pero sigues viviendo allí –Nathan no cuestionó que hubiera querido irse, debía intuir su infelicidad en aquella época.

Phelix supuso que Nathan sólo podía conocer ese dato por Henry. Debía verlo a menudo.

–Fue parte del trato. Cuando Henry me sugirió que estudiara leyes, la idea me atrajo y supe que… –hizo una pausa. Dijera lo que dijera, su padre iba a quedar bastante mal.

–Te atrajo la idea, ¿y? –la animó Nathan.

–Bueno, sabía que seguramente necesitaría toda mi herencia para costearme los estudios –admitió. Quería a Nathan, tenía que ser sincera.

Nathan debió de intuir que intentaba no ser demasiado desleal con su padre, a pesar de que había perdido todo derecho a su lealtad, pero se lo calló. Sabía, por propia experiencia, que Edward Bradbury anteponía el dinero al honor.

–¿Te pagaste los estudios y seguiste con tu padre porque no podías permitirte vivir sola?

–No exactamente. Mi padre se puso como loco cuando le dije que quería estudiar e irme.

–¿Te lo puso difícil?

Ella pensó que eso era quedarse muy corto, pero prefería no recordar la escena.

–¿Quería que te quedaras en casa con él?

–No especialmente, creo. Pero sabía que si yo me

iba, Grace se iría también. Lleva la casa como un reloj; él nunca habría conseguido un ama de llaves tan buena, y lo sabía.

–¿Te quedaste para que él tuviera un hogar bien dirigido?

–No del todo. También tenía problemas de conciencia.

–Lo imagino –aceptó Nathan, mirándola con ternura. Ella tuvo que concentrarse para que su corazón, desbocado, no le quitase el habla.

–Estaban pasando muchas cosas. Henry me ayudaba con mis estudios, entrevistas y demás, y también estaba Grace. Tenía un buen puesto con nosotros y le faltaban unos años para jubilarse. Me había dicho muchas veces que si yo me iba dimitiría. Pero no me parecía justo que tuviera que buscar otro trabajo a su edad. Hablé con Henry y él me dijo que, dado que apenas veía a mi padre, daba igual que viviera en casa o no.

–¿Y eso te pareció bien?

–Era la mejor opción. A mi padre no le gustaba que quisiera estudiar leyes, pero estaba tan convencido de que me cansaría, que aceptó.

–¿Pensó que lo dejarías unos meses después?

–Algo así. Ya he hablado más que suficiente –afirmó. Nunca se había abierto así con nadie, excepto Henry, y él conocía sus circunstancias.

–Aún no me has dicho quién decidió que te integraras a la empresa –le recordó Nathan.

–Mi padre me dijo que no haría ningún bien a Bradbury si trabajaba en otro sitio –admitió ella. En realidad, le había gritado que no permitiría que le diera a una empresa rival detalles sobre la suya. Al que ella no habría hecho en ningún caso–. Henry me quería a su lado y yo quería trabajar con él, así que todos salimos del embrollo con honor –se encogió por dentro, hablar de su padre y de honor en la misma frase, delante de Nathan, casi era un pecado.

–Le tienes mucho aprecio a Henry –dijo Nathan, guardándose lo que estuviera pensando.

–Era un gran amigo de mi madre. Me ha ayudado mucho y le tengo mucho cariño. Y ahora me voy a callar –afirmó. No diría nada más.

Nathan contempló la determinación de su rostro y sonrió. Por ver esa sonrisa, ella le habría dicho cuanto quisiera saber.

–¿Tienes hambre? –preguntó él.

Fueron al comedor donde les presentaron un menú de cinco platos. Resultó ser realmente delicioso; la mejor comida, la mejor compañía, y la velada más mágica.

Mientras Phelix disfrutaba de la ensalada de atún, descubrió que Nathan podía hablar de cualquier tema. Con la sopa de crema de curry y manzana comprobó que a él le interesaban sus opiniones e ideas. Ambos siguieron con una ensalada verde, y nunca faltó la conversación.

Cuando llegó la ternera con espinacas y fideos de patata, Nathan se interesó por qué hacía para divertirse y por sus acompañantes masculinos.

–A veces salgo con alguien de la oficina. No tengo mucho tiempo para la vida social.

–Y aun teniéndolo, serías muy selectiva –afirmó él, como si no tuviera dudas al respecto.

–¿Y tú? –ya en los postres, Phelix se interesó por su vida social–. ¿Hay alguien especial?

Nathan la miró como si disfrutara de lo que veía y estuvo en silencio un momento. Ella pensó que tal vez se había excedido, pero se dijo que él no se había puesto cortapisas al interrogarla. De repente, él sonrió y la miró con lo que a ella, enamorada y caótica, le pareció ternura.

–Nadie por quien quisiera divorciarme de ti, Phelix –dijo con voz suave. Ella tuvo que desviar la mirada. Había sonado demasiado íntimo–. ¿Quieres tomar el café aquí, o en el salón del bar? –preguntó él, un segundo después.

–En el salón –dijo ella. Sabía que estaba pecando de avaricia, pero si tomaban café en la mesa, acabarían pronto. En el bar podrían extenderse un poco más. Lo cierto era que no quería que la velada acabase nunca.

De mutuo acuerdo, tácito, ocuparon los mismos asientos que antes. El salón estaba, por suerte, casi vacío. Nathan pidió el café.

–¿Quién era él? –preguntó, mirándola.

–¿Quién? –lo miró desconcertada.

–Ese alguien especial en tu vida.

–No hay nadie «especial» –contestó ella.

–Mentirosa –la regañó él–. Esta mañana, cuando tomábamos café, dijiste que había estado a punto de haber alguien especial.

–¡Caramba! ¿Es que no olvidas nada?

–No, sobre todo cuando alguien evita, claramente, hablar del tema.

–Lo siento. Debo haber hecho que pareciera más importante de lo que es –dijo ella con indiferencia. No quería hablar de Lee Thompson.

–¿Fue algo importante? –insistió Nathan.

–Si tanto te interesa, se marchó.

–¿Fue antes de que yo apareciera en escena?

–Sí –contestó ella, seca. Empezaba a irritarse y no quería hacerlo.

–Eres preciosa cuando te enfadas –dijo Nathan, inclinándose hacia ella.

Phelix no pudo evitar una carcajada. Él, como si disfrutara al verla reír, la estudió unos segundos más antes de volver a recostarse en su sillón.

–Lee Thompson –admitió, no podía enfadarse con él–. Era el hijo del jardinero, era universitario y estaba de vacaciones. Íbamos a casarnos.

–¡No lo creo! –Nathan enarcó las cejas–. ¿Erais amantes? –exigió.

–Yo creía que sí, pero no en el sentido físico, si es a eso a lo que te refieres.

Nathan la miró, comprendiendo su ingenuidad en aquella época, pero seguía queriendo saber.

–¿Qué ocurrió?

–Ocurrió mi padre –dijo ella, tras tomar aire.

–¿No quería que te casaras?

–Le dije que Lee y yo queríamos casarnos y casi le dio una apoplejía.

–¿Cuánto tiempo antes de que apareciera yo? –preguntó Nathan. Phelix comprendió que estaba analizando y llegando a conclusiones.

–Un par de semanas.

–No te quería casada permanentemente, claro. Quería que entraras y salieras del matrimonio a la velocidad del rayo. Y eso no habría sido posible si te permitía elegir a tu esposo.

–Eso lo comprendí después.

–¿Qué ocurrió con Lee?

–Mi padre lo compró –Phelix arrugó la nariz con disgusto–. Le ofreció una cantidad extra si no se ponía en contacto conmigo, o eso dijo Lee cuando le telefoneé. También despidió a su padre. Fue muy desagradable –temblorosa, siguió adelante. Era obvio que Nathan quería saberlo todo, y teniendo en cuenta cómo había sido tratado, no podía negárselo–. Días después mi padre me habló del diez por ciento que podía reclamar si me casaba antes de los veinticinco.

–¿Y viste la posibilidad de huir de su tiranía?

Ella no lo habría expresado así, pero supuso que tiranía era una palabra bastante adecuada.

–Al principio no. Pero dos días después, cuando me dijo que había encontrado a alguien que se casaría conmigo de forma temporal, comprendí que ese dinero me daría la libertad –sonrió con tristeza–. ¡Así de sencillo! Ahora me daría de bofetadas, cuando recuerdo lo difícil que se lo puso siempre a mi madre, lo despiadado y cruel que podía llegar a ser. Sin embargo, no pensé ni una vez en qué ganaba él. Ni en por qué, tras haber impedido mi boda con Lee, estaba empeñado en que me casara con otro. Supuse que estaba cansado de mantenerme.

–Eras inocente, en mente y en todo lo demás –la tranquilizó Nathan–. Además, debías estar desconsolada por la traición de Lee Thompson y aún recuperándote del trauma de la pérdida de tu madre. No tenías la menor posibilidad de impedir que se aprovechara de ti, por así decirlo.

Phelix le sonrió. Adoraba su voz suave, lo amaba. Intentó controlarse. Si no tenía cuidado, acabaría babeando.

–En cualquier caso –dijo con voz alegre–, tú lo impediste. Adivinaste enseguida que mi padre tenía razones ocultas para desear la anulación.

–No tenía ni idea de cuáles –admitió Nathan–. Pero cuando se negó a cumplir el acuerdo que habíamos sellado con un apretón de manos, decidí hacer lo que estuviera en mi mano para fastidiarlo.

–¿Decidiste que tu único recurso era decirle que se olvidara de la anulación?

–Lo hice por instinto –Nathan la miró, risueño–. Y tú me seguiste de maravilla –la había admirado por ello–. ¿Se lo has dicho ya?

–Decirle… ¿qué?

–Que sí habría sido posible una anulación –aclaró él con mirada divertida.

Ella deseó reír. El amor que sentía por él estaba haciendo que se le fuera la cabeza.

–Me lo estoy reservando para nuestra siguiente gran discusión –dijo, solemne. Pero no pudo seguir seria. Tuvo que reírse. Nathan la contempló y después esbozó una gran sonrisa.

–Si te lo pidiera con mucha amabilidad, ¿me dejarías decírselo yo?

–Tienes una vena malvada, Nathan Mallory –le dijo ella, adorándolo pero asustada por cómo le hacía sentirse–. Creo que debería irme ya –no supo si la alegró o entristeció que Nathan no intentara impedirle el regreso a su habitación.

–Te acompañaré –dijo–. Estamos en la misma planta.

Ella miró la llave que había sobre la mesa y vio que su habitación estaba sólo cuatro puertas después de la suya. Fueron juntos al ascensor.

Phelix odiaba la idea de separarse de él y, a pesar de que quería ser sensata, descubrió que la sensatez y el amor tenían poco en común.

–¿Vas a quedarte hasta la semana que viene? –le preguntó.

–Ya que estoy aquí, sí. ¿Y tú?

–Vuelvo a casa el martes –de repente, empezó a sentirse tensa tras haber estado cómoda toda la velada–. Esto es muy bonito, ¿verdad? –dijo, por decir algo.

Por suerte, el ascensor llegó a la quinta planta y salieron. Phelix se detuvo ante la puerta de su habitación para darle las buenas noches.

–¿Lo amabas? –preguntó Nathan, de repente.

–¿A quién? –clavó en él sus ojos verdes. Tenía la mente tan llena de él que sus procesos mentales iban a paso de tortuga.

–A Thompson. Querías casarte con él, ¿recuerdas? ¿Lo amabas? –repitió Nathan.

–No –contestó ella, que valoraba la verdad por encima de todo–. Por supuesto, creía que sí. Machacó mi orgullo que me dejara por dinero, pero no tardé en alegrarme de no haberme casado con él. En realidad no lo quería.

–Pobre cariño –murmuró Nathan con dulzura–. Siento que hiriera tu orgullo –añadió. Se miraron a los ojos; él se inclinó y la besó.

Con las manos apoyadas en la pared, a los costados de ella pero sin tocarla, posó los labios en los suyos. Ella, transfigurada, se resistió al impulso de abrazarlo. Cuando él alzó la cabeza y dio un paso atrás, Phelix estaba a punto de desmayarse.

–Tuve que madurar después de aquello –farfulló, sin saber bien qué decía.

–Si me permites decirlo, lo has hecho de maravilla –comentó él.

Ella dejó escapar una risita nerviosa. La imagen sofisticada que se había esforzado en mostrar al mundo se había esfumado del todo.

–Dices unas cosas encantadoras –decidió que era hora de irse–. Buenas noches, Nathan.

Él la miró como si se estuviera planteando besarla otra vez, o quizá la imaginación de Phelix le estaba gastando una mala pasada. En vez de besarla, le quitó la llave y abrió la puerta.

–Buenas noches, Phelix –se despidió.

Ella entró y cerró. Su beso, leve y cariñoso, aunque carente de pasión, había sido una auténtica bomba. Toda la velada había sido maravillosa. Estaba reviviendo cada segundo cuando sonó el teléfono de la mesilla.

Se le aceleró el corazón. Debía de ser Nathan. No sabía por qué llamaba cuando acababan de despedirse, pero tuvo que inspirar profundamente antes de levantar el auricular.

–Hola –dijo, antes de darse el batacazo.

–¿A qué diablos crees que estás jugando? –rugió su padre al otro lado de la línea.

«¡No!», pensó. No quería hablar con él, lo estropeaba todo. No quería salir de la burbuja de euforia que la rodeaba.

–Buenas noches a ti también, padre –contestó, con la calma que otorgaban años de práctica.

–¡Yo no te reservé ese hotel! –gritó él.

–Pues es muy agradable. ¿Hay alguna razón para que quisieras que estuviera en otro? –preguntó con voz inocente.

–¡He estado intentando localizarte! –clamó él–. Al final no me quedó otro recurso que llamar a Ross Dawson.

–¿Para qué querías hablar conmigo? –«gracias, Ross», pensó con ironía. Al menos su padre no estaba simulando ignorar la presencia de Ross allí–. ¿Va todo bien en casa?

–¡No! ¡Grace ha presentado su dimisión!

–¿Grace quiere irse? –preguntó Phelix, atónita.

–¡Se ha ido! –replicó él, irritado.

–¿Grace se ha ido? Pero…

–Tuvimos una discusión. Le dije que a mí nadie me hablaba así, ¡y se marchó!

–¿Quieres decir que la despediste?

–No, no la despedí –rezongó, airado. Phelix adivinó que decía la verdad. Por más que se enfadara con Grace, valoraba sus dotes como ama de casa demasiado para privarse de ellas–. ¿Qué has estado haciendo? Ross Dawson me dijo que te había invitado a cenar y lo habías rechazado. ¿Por qué? –exigió Edward Bradbury–. Hasta tú deberías de captar los beneficios de una relación con el clan Dawson. Sin duda…

–La verdad –interrumpió ella–, es que cené con otra persona –se arrepintió en cuanto acabó de decirlo. Su velada con Nathan era algo privado. Había rozado la perfección y su padre era un experto en estropearlo todo.

–¿Con quién?

Phelix debería de haber supuesto que no cejaría hasta enterarse. Pero porque no quería parecerse a él ni ponerse a su nivel, contestó.

–Si tanto te interesa, cené con Nathan Mallory.

Siguieron unos segundos de silencio. Después un rugido casi le perforó el tímpano.

–¡Nathan Mallory está allí! –explotó, como un volcán–. ¿Has cenado con él hoy?

–Sí, y ha sido muy agradable –contestó ella con calma. No iba a negar algo que le había parecido bueno, decente y casi sensacional.

–¡Mantente alejada de él! –tronó Edward Bradbury.

Ella tenía veintiséis años y no entendía que un hombre que lo único que había hecho por ella era traerla al mundo, de repente se las diera de padre.

–¿Por alguna razón en concreto?

–¡No es de fiar! –tuvo el descaro de decirle.

–¡Yo creo que sí! –lo defendió–. También creo que tengo edad para tomar mis propias decisiones.

–No te atrevas… –empezó a él, pero cambió de táctica–. ¿Estás diciendo que si Mallory te pide que salgas con él otra vez aceptarías, a pesar de mi prohibición expresa?

Phelix no sabía si Nathan volvería a invitarla a cenar o no. Pero no iba doblegarse ante su padre.

–¡Eso es exactamente lo que digo! –replicó con firmeza.

–¡Eso ya la veremos! –gritó Edward Bradbury, antes de colgar sin despedirse.

CAPÍTULO 5

PHELIX se despertó temprano el jueves. No había dormido bien y seguía sin haber resuelto las preocupaciones que habían plagado su mente tras la llamada de su padre.

Estaba demasiado inquieta para quedarse en la cama así que fue a ducharse, con la mente llena de dudas. Pensó en Nathan, segura de que su padre intentaría estropear su relación. Se recordó que no había nada que estropear. Habían tomado café y cenado juntos. Él le había dado un beso cariñoso. No podía llamarse a eso relación.

Aunque estuviera enamorada de él, sabía que Nathan se asombraría si pensara que ella había dado a ese beso más significado del que tenía.

Además, un beso en la mejilla y uno en los labios no eran una declaración de nada. Y teniendo en cuenta a los dos hombres que había habido en su vida, Lee Thompson y su padre, ni siquiera estaba segura de querer que lo fuera. Aunque tuviera veintiséis años, lo cierto era que no se sentía preparada para tener una relación.

Era lo bastante inteligente como para saber que si ocurría lo imposible, y Nathan deseaba ir más allá, sería ella, la enamorada, quien sufriría cuando llegase el final.

Recordaba cuánto había sufrido su dulce madre por enamorarse de Edward Bradbury y no estaba dispuesta a seguir ese camino. Con el fin de apaciguar a su mente, se puso el bañador y el albornoz y bajó a la piscina.

Había nadado diez largos cuando comprendió que estaba siendo ridícula. Para empezar, Nathan no se parecía en nada a su padre ni a Lee. No dudaba que podía ser duro cuando lo exigían los negocios, pero ella había visto su lado gentil. En segundo lugar, estaba viendo un problema donde no lo había. Nathan, por muy casados que estuvieran, no estaba interesado en ella.

De repente, alguien agarró su tobillo desde abajo y tiró, interrumpiendo sus pensamientos. Antes de que se hundiera demasiado, unas manos sujetaron su cintura y la subieron a la superficie.

Emergió y sacudió la cabeza para apartarse el pelo del rostro. Se encontró con los traviesos y sonrientes ojos grises del hombre que estaba dominando sus pensamientos.

–Buenos días, señorita Bradbury –le dijo Nathan, aún con las manos en su cintura. Sólo con verlo, la ansiedad de Phelix se esfumó.

–Has conseguido que me moje el pelo, tardaré un montón en secarlo –protestó ella, risueña.

–No tienes ninguna prisa –respondió él, sin inmutarse.

–No dijiste que nadabas –comentó ella recordando haberle mencionado que nadaba casi todas la mañanas. Le costaba no mirar su ancho pecho desnudo, salpicado de vello oscuro. Lo adoraba, estaba loca por él.

–Acabo de adquirir el hábito –dijo él. Sus muslos se rozaron y ella casi se quedó sin aire.

–¿Te habías traído el bañador? –sintió un pinchazo de pánico–. ¿No estarás…?

–¿En cueros? –sonrió–. Relájate, Phelix, hay una tienda de deportes al otro lado de la calle.

Por lo visto se había comprado un bañador el día anterior. Estaba tan cerca de ella que el contacto con su piel desnuda amenazaba con interrumpir sus procesos mentales.

–Bueno, será mejor que… –musitó, atónita por encontrarse en esa situación.

–No te alarmes, Phelix –la cortó Nathan, como si supiera que la intimidad que implicaba la proximidad de su cuerpo desnudo la estuviera llevando a alzar barreras. La soltó, pero nadó con ella hasta el borde de la piscina.

–Yo… te veré después –dijo ella, empezando a salir de la piscina. Se dio cuenta de que eso sonaba como si le estuviera sugiriendo una cita–. En la conferencia…

–O –dijo él, contemplando sus largas piernas antes de subir hacia sus ojos–. O, ambos podríamos hacer novillos y pasar el día juntos.

Phelix se dio la vuelta. Aunque sabía que su cuerpo no tenía nada de reprochable, empezaba a sentirse vulnerable. Agarró una toalla, se envolvió el pelo y se puso el albornoz. Sólo entonces pudo considerar la oferta.

En realidad, si se trataba de elegir entre pasar el día sentada en una sala, intentando concentrarse, o de pasar el día con Nathan Mallory, la conferencia no tenía ninguna posibilidad. Tomó aire, pero volvió a desmoronarse al ver a Nathan salir del agua. Tenía un cuerpo magnífico.

–¡Le prometí a Ross Dawson que comería con él! –farfulló, con la mente alborotada.

–¡No fastidies! –protestó Nathan.

–Era eso o cenar con él ayer.

–Entonces, te perdono –aceptó él con una sonrisa–. Antes tengo que ocuparme de unos asuntos. ¿Qué te parece si te llamo a las diez? Te llevaré a un sitio que conozco a tomar café. Ponte zapatos planos –instruyó.

–Trato hecho –se planteó comentarle la llamada de su padre, pero decidió que no tenía nada que ver con… lo que fuera. Sintió el deseo de besarlo y pensó que se estaba volviendo loca–. Hasta luego –se despidió.

Tenía la sensación de que faltaban horas hasta las diez, pero optó por aprovecharlas bien. Se duchó, se lavó el pelo y lo secó con el secador. Entonces llegaron las dudas. Cuando estaba con Nathan todo le parecía bien, pero en cuanto se alejaba de él las dudas la asaltaban como gotas de lluvia.

No sabía por qué dudaba. Nathan no le estaba pidiendo que asaltara un banco o cometiera un crimen. Sólo le pedía que fuera a tomar un café y que se pusiera zapatos planos. No podía haber nada más inocente, a pesar de que su padre se pondría furioso si se enteraba de que no estaba «haciendo contactos». Si se tratase de cualquier otro hombre no habría perdido un momento analizando los pros y los contras, habría hecho lo que le apeteciera, sin más. Pero estaba descubriendo que el amor estaba en guerra con la austeridad de su educación y que la dominaba como un titiritero a una marioneta.

Phelix decidió dejar de preocuparse y pensó en Grace. No podía permitir que se marchara sin más, tenía que ponerse en contacto con ella. Grace le había dado el teléfono de su amiga, Midge, por si alguna vez tenía que localizarla. Seguro que Midge sabía dónde estaba. La llamaría en cuanto regresara a Londres.

Sin saber cómo, Phelix se descubrió preguntándose si Nathan habría comprado un bañador sólo porque sabía que ella nadaba por la mañana. No podía ser. Seguramente el pobre hombre sólo había deseado hacer un poco de ejercicio y ella, de nuevo, se estaba dejando llevar por su imaginación.

Salió de su habitación y bajó a desayunar. No vio a Nathan en el comedor y no supo si alegrarse o sentirlo. Era obvio que ya había desayunado, o que tenía un desayuno de negocios.

Su idea de que Nathan sólo deseaba hacer ejercicio quedó confirmada cuando llamó a su puerta a las diez y miró con aprobación sus zapatos planos.

–¿Te apetece subir una montaña?

Ella entreabrió los labios con sorpresa. Vio que los ojos grises miraban sus labios, que había besado la noche anterior, e hizo un esfuerzo para no perder la cabeza. Bastaba una mirada suya para hacerla temblar como una gelatina.

–¿La misma que bajamos ayer? –preguntó ella, intentando que su voz sonara templada.

–Disfrutarás –afirmó él.

Habían tardado más de media hora en descender. Sólo Dios sabía cuánto más tardarían en subir.

–No lo dudo –murmuró ella.

Salieron del hotel y caminaron por el paseo hasta llegar al sendero que los llevaría arriba.

Empezaron a caminar, a veces hablando y otras en silencio. A Phelix le parecía fantástico. Quería grabar en su memoria todo el tiempo que pasara con él, para luego rememorarlo con placer. Ella se marcharía el martes y era improbable que volviera a verlo después de entonces.

Aunque no había querido asistir a la conferencia, estaba viviendo días mágicos. El día anterior Nathan la había seguido…

–Ayer hablé un montón de mi parte en nuestro pacto matrimonial… –dijo. Deseó no haber empezado, pero quedaría como una tonta si no seguía–. ¿Por eso me seguiste? ¿Querías saber por qué trabajo para mi padre y…? –su voz se apagó. Sin duda tenía que haber sido por eso. No podía haber otra razón.

–Háblame de Henry –sugirió Nathan, antes de que pudiera sentirse más tonta aún.

–¿Henry Scott? –se quedó inmóvil.

–Henry Scott –corroboró Nathan, parando.

–Henry… –Phelix reemprendió la marcha y Nathan la siguió. Al principio creyó que había mencionado a Henry para cambiar de tema, porque había notado que se sentía incómoda. Pero al mirarlo y ver su expresión seria comprendió que tenía algún propósito concreto.

–¿Fue Henry una de las razones por las que me seguiste ayer? –le preguntó. Su seriedad parecía indicar eso, pero no entendía el porqué.

–Me gustaría saber más sobre él.

–Sabes que Henry cuenta con toda mi lealtad, supongo.

–Y sospecho que tú con la suya –apuntó Nathan.

–Cierto –aceptó ella–. Teniendo eso en cuenta, ¿qué quieres saber que pueda decirte?

–Dijiste que lo querías mucho y percibo que el sentimiento es recíproco.

–Henry cuidaba mucho a mi madre. Él…

–¿Tenían una aventura?

–¡No! –exclamó Phelix–. Estoy segura de que no.

Pero la vida de ella no era fácil. Era demasiado sensible para estar casada con un hombre como mi padre. Henry siempre estaba allí para apoyarla. Cuidaba de ella. Y cuando falleció me transfirió esos cuidados a mí –Phelix hizo una pausa, recordando las muchas veces que Henry, metafóricamente, le había dado la mano–. Me habría sentido perdida sin Henry. No sólo en los negocios, sino también después de que mi madre muriese. Él siempre estuvo allí en mis peores momentos.

–¿Tu padre no?

–¿Por qué te interesa Henry? –inquirió ella, ignorando su pregunta. Estaba segura de que Nathan conocía la respuesta.

–Él lo sabe –contestó Nathan.

–¿Quién lo sabe?

–Henry.

–Sabe, ¿qué? –Phelix tenía la impresión de haberse perdido algo.

–Henry Scott sabe que soy el hombre con quien te casaste –afirmó él con certeza.

–¡No puede saberlo! –protestó ella–. No se lo dije. ¡No se lo he dicho a nadie! –pero Nathan no se inmutó–. ¿Por qué crees que lo sabe? –lo retó, anonada por la idea.

Nathan agarró su brazo y la llevó hacia un banco, estratégicamente situado. Se sentaron.

–Algo que dijiste el martes me hizo pensar.

Phelix no tenía ni idea de qué podía haber dicho para hacerle creer que Henry sabía con quién se había casado.

–¿Cuando estábamos en el parque? –preguntó. Nathan asintió–. ¿Qué? ¿Qué dije que te llevara a pensar eso?

–Un par de cosas –la mirada de Nathan se perdió en la distancia. Hacía otro día bellísimo–. Dijiste que Henry sabía que estabas muy disgustada por el trato que había recibido tu esposo. También comentaste que Henry conocía a todo el mundo…

–¿Y por eso llegaste a la conclusión de que Henry había adivinado el nombre de mi esposo?

–No en ese momento. Pero cuando añadí otros detalles, como por ejemplo que quisiera hacer algo para honrar un trato cuyo incumplimiento te había dolido, todo empezó a encajar de maravilla.

–Se dice que tengo una buena cabeza sobre los hombros –intervino Phelix con voz seca–. ¿A qué se debe que no entienda nada de lo que dices?

–Seguramente a que desconoces la mitad de los datos –Nathan la miró y sonrió de esa manera que hacía que sus huesos se derritieran.

–¿Pero vas a contármelos o no?

Él asintió.

–He examinado los hechos. Uno: Henry tiene una gran opinión de ti. Dos: sabía que estabas disgustada. Imagino que le contaste lo de Lee Thompson, ¿no? –Nathan esperó confirmación y continuó–. Eso indicaría a Henry que tu padre te había vendido dos veces, o lo habría hecho, si hubiera cumplido el trato la segunda vez. Tres: y esto es una suposición, le dijiste a Henry que me habías ofrecido ese diez por ciento de tu herencia.

–Sí, y también que tú lo habías rechazado.

–Por mis tratos con Henry Scott, yo diría que es un hombre de lo más honorable.

–¡Claro que sí! –exclamó Phelix–. Es uno de los mejores hombres que conozco.

–Eso lo llevaría a desear hacer algo para remediar la situación. He estado seguro de ello desde el martes –aseveró Nathan–. Supongo que recuerdas que el trato que hice con tu padre era mi último y desesperado intento de salvar mi empresa…

–¡Oh, Nathan!

–Calla. Tú no tuviste ninguna culpa. El caso es que me creí hundido. Mi padre y yo estábamos al borde de la ruina. Pero dos días después, cuando sólo faltaban veinticuatro horas para que anunciara que Mallory & Mallory se declaraba en bancarrota, recibí una nota que me dio esperanzas.

–¿Una nota? –repitió ella, intrigada–. ¿De quién?

–Anónima. Nunca descubrí quién la envió. Cuando acabé de leerla, el mensajero que la había llevado se alejaba en su moto –hizo una pausa–. En aquella época estaba demasiado ocupado intentando levantar la empresa para pensar demasiado en quién sería su autor.

–Así que te concentraste en el trabajo y dejaste ese asunto de lado.

–En efecto –admitió Nathan–. Estos últimos años he deseado muchas veces descubrir quién la envió, pero la pista se enfrió hace tiempo. ¿Has oído hablar de un tal Oscar Livingstone?

–Es una especie de filántropo del arte y del teatro –contestó ella. Todo el mundo conocía su nombre–. Henry estudió con él, en Oxford –añadió con inocencia.

–¡Lo sabía! –Nathan sonrió de oreja a oreja–. ¡Lo sabía! –repitió. La agarró de los hombros, la acercó y plantó un beso exuberante en sus labios.

–Ojalá yo supiera algo –dijo ella, divertida.

–En aquella época, Oscar Livingstone quería invertir en una empresa que tuviera potencial y problemas para salir adelante. Sólo estaban al tanto de ello sus amigos de confianza.

–¿Oscar Livingstone invirtió en tu empresa? –preguntó ella, sorprendida e incrédula.

–No habríamos salido adelante sin él.

–Pero… –estaba atónita.

–¡Exacto! ¿Cómo se enteró de nuestra existencia? Mi padre y yo no habíamos divulgado el estado de nuestras finanzas. Sólo tu padre sabía que estábamos al borde de la ruina.

–Y no es probable que él sugiriera el nombre de una empresa competidora.

–Eso es quedarse muy corto –rezongó Nathan–. Oscar Livingstone se negó a revelar quién le había sugerido nuestro nombre. Pero fue Henry. Estoy seguro.

A Phelix le habría encantado que fuese así, pero no entendía cómo podía haber ocurrido.

–El martes dije que Henry conocía a todo el mundo –revisó los datos uno por uno–. También dije que Henry sabía cuánto me había disgustado la forma en que te trató mi padre. Y…

–Y Henry, adivino, quería hacer algo para solucionar eso por ti –la ayudó Nathan.

–¿Tú crees?

–Cuanto más lo pienso, más me convenzo. Y aunque entonces no tuve tiempo de investigar, nunca lo he olvidado ni he dejado de sentirme profundamente agradecido por esa intervención.

–Pero… ¿cómo?

–¿Cómo descubrió que te habías casado conmigo el día anterior? De la forma más sencilla. Tenía una fecha, sólo tuvo que ir al registro a preguntar. No tardó en descubrir quién se había casado con Phelix Bradbury, su dirección y su ocupación… El resto sería de lo más fácil.

–Cielos. ¿Cómo no se me ocurrió eso?

–No tenías necesidad. Lo cierto es que, sin saberlo, al confiar en Henry hiciste más que reparar el daño. Un día más tarde, supongo que después de que Henry me investigara, recibí la nota anónima: «Oscar Livingstone espera su llamada». Seguía su número de teléfono privado.

–¿Llamaste?

–Estaba desesperado, no tenía nada que perder. Así que llamé –confirmó Nathan–. Y nunca me he alegrado tanto de hacer algo como cuando el gran hombre nos invitó a mi padre y a mí a visitarlo.

–¿Os apoyó?

–Nos apoyó, pero se negó a confesar quién le había hablado de nosotros.

–Tuvo que ser Henry –Phelix lo miró con ojos brillantes de emoción.

–Eso creo yo –Nathan estiró el brazo como si fuera a acariciarle la mejilla, pero se frenó y se puso en pie–. Café –anunció con firmeza.

Subieron hasta la cafetería. Cada uno estaba absorto en sus propios pensamientos y no hablaron mucho.

Phelix pensaba en lo que le había dicho Nathan y en el bueno de Henry. Él había sabido lo mal que se había sentido por Nathan y, dado que le había ofrecido su diez por ciento de la herencia, haría cualquier cosa por compensarlo. Así que, de la forma más sencilla, descubrió con quién se había casado y había hecho lo posible por redimir su honor.

–Aún estoy intentando absorberlo –dijo Phelix ya sentados en la terraza, al sol, cuando la camarera les llevaba el café.

–Te acostumbrarás a la idea –le aseguró Nathan.

–¿Lo has hecho tú? Has tenido dos días. ¿Te has acostumbrado ya?

–Lo he aceptado, más bien –contestó él–. Esto tiene que quedar entre nosotros, Phelix.

Ella lo pensó. Henry había hecho algo tan maravilloso que no se sentía dispuesta a dejarlo pasar sin más.

–¿No puedo agradecérselo a Henry?

–¿Te importaría guardártelo, por mí? –preguntó Nathan acariciándola con la mirada.

–Si insistes –aceptó ella, emocionada por la calidez que veía en su ojos grises.

–¿Me avisarías si se lo agradeces? –inquirió Nathan, en vez de insistir. A ella se le aceleró el corazón. Había estado segura de que su contacto con Nathan acabaría después del martes. Pero como no podría darle las gracias a Henry hasta que volviera a la empresa, el martes, al menos hablaría con Nathan por teléfono–. Me gustaría darle las gracias personalmente.

–Por supuesto –murmuró ella.

Tenía las defensas bajas y estaba a punto de derretirse bajo la mirada de Nathan. Se quedó sin habla cuando él le hizo una pregunta inesperada.

–¿Aceptarías mi corazón, Phelix?

Empezó a tronarle el corazón bajo las costillas. Confusa, tuvo que desviar la mirada. Por suerte, miró la mesa. Entonces vio la galleta con forma de corazón que él le estaba ofreciendo.

Negó con la cabeza, pensando que el amor la estaba

volviendo idiota. Nathan no iba a ofrecerle su corazón así, de repente. Controló su voz.

–No quiero estropearme el apetito para el almuerzo –murmuró. Lo miró y vio que su expresión se había vuelto seria. Pensó, durante un instante, que estaba molesto, o incluso celoso, porque fuera a comer con Ross Dawson.

Su imaginación estaba desbordándose hasta el punto del histerismo.

–Me niego a que comas y también cenes con Dawson –declaró Nathan. Eso hizo que Phelix se sintiera mejor.

Se preguntó si la estaba invitando a cenar con él otra vez. Decidió, sin dudarlo, que quería pasar con Nathan el mayor tiempo posible, y disfrutar de cada segundo.

–Si eres muy bueno, yo te invitaré a cenar esta noche –le ofreció con voz modosa.

–Ven a buscarme a las siete –aceptó él, contemplando su mirada risueña.

–Será mejor que emprenda el regreso –dijo Phelix poco después, tras mirar su reloj. Estaba siendo avariciosa, quería pasar más tiempo con Nathan–. Bajaré en el funicular –añadió con voz alegre, intentando ocultar el amor que iluminaba sus ojos.

Diez minutos después estaban de vuelta en el paseo. Nathan se volvió hacia el centro de congresos. Phelix titubeó.

–¿Vienes hacia allá? –preguntó él.

–Iré al hotel a refrescarme un poco –dijo ella, negándose ese placer.

–No olvides que eres mi esposa –murmuró él. El corazón de ella se llenó de música.

–Eso me da derecho a ciertos privilegios –contestó. Una criatura que residía en su interior tomó las riendas y Phelix se puso de puntillas y lo besó. Hacerlo la sorprendió tanto como a él–. Gracias por el café –se despidió.

Seguía preguntándose por la nueva e impulsiva persona en que la estaba convirtiendo el amor cuando llegó a su habitación. ¡No eran la clase de marido y esposa que se despedían con un beso! Aunque Nathan la había besado un par de veces.

Se dijo que no debía darle importancia y se puso un traje pantalón y blusa blanca.

Igual que le había ocurrido antes, empezó a dudar sobre su amistad con Nathan. Todo le parecía bien cuando estaba a su lado, pero en cuanto se separaban temía haber revelado sus sentimientos. Se moriría si fuera así; no dudaba de que si Nathan suponía que lo amaba no tardaría en buscar un abogado experto en divorcios.

Él no deseaba su amor. Y, si lo pensaba bien, ella tampoco quería entregarle el suyo. No tenía mucha fe en los hombres, aunque nunca olvidaría lo amable que había sido Nathan con ella la noche de su boda. Empezó a preguntarse qué clase se amante sería, pero bloqueó la idea.

Recordó su torso desnudo en la piscina y sus piernas largas y rectas cuando salió de ella…

Para escapar de los demonios que habían empezado a asaltarla desde su reencuentro con Nathan Mallory, Phelix puso rumbo al centro de congresos. Se planteó cancelar su cita para cenar, pero decidió no hacerlo. ¡Estaba enamorada de él! El martes, y su regreso a Londres, llegarían muy pronto. Tal vez cuando retomara la rutina todo volvería a la normalidad.

Sin embargo, echaría de menos la excitación que sentía cada vez que lo veía y cuando estaba con él. La vida sería muy aburrida sin tener la oportunidad de ver a Nathan. Casi deseó que él no hubiera ido a Davos. Pero enamorarse la había despertado, haciendo que se sintiera viva.

Tendría que asentarse de nuevo. Tenía un buen trabajo y con la guía de Henry… El adorable Henry. Era él quien le había devuelto la fe en que existieran hombres buenos en el mundo.

Anhelaba telefonearle para agradecerle su intervención para salvar a Mallory & Mallory. Pero sería mejor hacerlo en persona.

De momento, tenía que comer con Ross Dawson, aunque la idea no la entusiasmaba tanto como cenar con Nathan.

Había dicho que fuera a buscarlo a las siete.

Sonrió, lo estaba deseando.

CAPÍTULO 6

LA COMIDA con Ross Dawson fue agradable.

–¿No has estado en la conferencia esta mañana? –inquirió él, en cuanto se sentaron.

–¿Ha estado interesante? –Phelix evadió la pregunta. No había razón para ocultar que había subido a la montaña a tomar café. Pero podría preguntarle con quién, y el tiempo pasado con Nathan era algo demasiado especial y privado.

–Será más interesante la semana que viene, cuando lleguen todos los jefazos de JEPC.

–Eso supongo –dijo ella. Si Ross esperaba sacarle información, no lo conseguiría. Aparte de que sólo conocía los datos básicos del contrato que, supuestamente, iban a ofertar, aún sentía cierta lealtad hacia la empresa de su padre. Ross, viendo que no sacaría nada en claro, optó por cambiar de tema.

–¿Consiguió localizarte tu padre anoche?

–Sí. Gracias por decirle dónde encontrarme –contestó, sin darle importancia. Ross no tenía por qué saber que las relaciones con su padre distaban de ser cordiales. No había olvidado el furioso «¡Eso ya lo veremos!» con el que se había despedido su padre cuando le dijo que volvería a salir con Nathan Mallory si tenía oportunidad.

–¿Te apetece saltarte las charlas de esta tarde? –le preguntó Ross cuando salían del comedor.

–¿Qué clase de chica crees que soy?

Tuvo que reírse cuando Ross contestó que sabía qué clase de chica le gustaría que fuera. Pero su risa se apagó cuando, de repente, apareció Nathan Mallory. Lo vio mirar a Ross Dawson con severidad, aunque lo saludó cordialmente.

–¿Ha sido una buena comida? –inquirió.

–Eso siempre depende de la compañía –le contestó Ross, mirando a Phelix con calidez.

Nathan inclinó la cabeza con gesto de despedida y se fue. Phelix siguió andando como si no tuviera ninguna preocupación en el mundo. Pero empezó a plantearse la posibilidad de volver a Inglaterra. Hacía menos de dos horas que lo había visto y, sólo con mirarlo, su estómago se convertía en un revoltijo de nervios.

Volvió a ver a Nathan esa tarde. Estaba con otras personas, pero la miró con un principio de sonrisa. Ella inclinó la cabeza para devolverle el saludo y vio que él sonreía abiertamente. Tuvo que volver la cabeza para que no viera cómo sus labios se curvaban con júbilo.

Tras la última sesión, después rechazar la invitación de Ross Dawson para cenar, Phelix puso rumbo hacia su hotel consciente de que, a pesar de haberse planteado volver a Inglaterra, sólo deseaba volver a ver a Nathan de nuevo.

Por el camino deseó haber llevado un vestuario más extenso con ella. Tal vez al día siguiente se saltaría la conferencia, a riesgo de que su padre tuviera un ataque, e iría de compras.

Ya en la ducha, se rió de sí misma y de su estupidez.

Nathan ni siquiera le había pedido una cita para el día siguiente, y ella se planteaba ampliar su guardarropa. Le estaría bien empleado que él decidiera que dos cenas seguidas eran más que suficiente. Sin embargo, la sonrisa que le había dedicado esa tarde había tenido magia.

El teléfono sonaba cuando salió del baño.

–Hola –saludó con voz suave.

–¿Phelix? –ladró Edward Bradbury.

–Sí –se le encogió el corazón.

–Ven a reunirte conmigo –ordenó su padre.

–¿Dónde estás? –preguntó ella, desesperanzada. El «Eso ya lo veremos» parecía estar a punto de convertirse en realidad.

–¡En el hotel donde deberías estar tú! Tenemos que hablar de negocios. Puedes cenar aquí.

–Tengo planes para cenar en otro sitio –dijo Phelix, empezando a recuperarse.

–Puede que no me hayas oído. ¡Vamos a hablar de negocios!

–O tú no me has oído a mí. Voy a cenar aquí.

Siguió un tenso silencio.

–Muy bien –aceptó Edward Bradbury con tono desagradable. Ella sintió un destello de esperanza. Gran error. Su padre adivinó que no cenaba sola–. Cambia la reserva, que sea para tres –le ordenó.

Por desgracia, su padre nunca había llegado a gustarle; en ese momento casi lo odió.

–No, iré a cenar contigo –dijo, con ganas de echarse a llorar. Su padre, una vez establecido su poder, no tuvo más que decir. Phelix colgó.

La idea de cenar con Nathan y con su padre era impensable. Teniendo en cuenta cómo se había comportado con Nathan, era asombroso que tuviera la cara dura de imponerles su presencia. No dudaba de que su padre sabía que iba a cenar con el hombre con quien estaba casada.

Se quitó el albornoz y, sin ningún entusiasmo, se puso el vestido verde que había lucido dos noche antes, cuando cenó con Ross Dawson.

En vez de telefonear a Nathan, optó por ir a su habitación. Anhelaba verlo de nuevo.

Llamó a la puerta e intentó que su expresión no denotara la desolación que sentía. Nathan abrió, en pantalón y camisa. Pensó que iba a sonreír, pero no lo hizo, así que supuso que había intuido que algo no iba bien.

–¿Quieres entrar mientras me pongo los zapatos? –preguntó él. Phelix comprendió que creía que había llegado antes de tiempo.

–Yo…, al final no puedo ir a cenar –barbotó, tras tragar saliva.

–¿Has tenido una oferta mejor? –preguntó él, estudiando su rostro atentamente. Phelix pensó que eso era preferible a que le cerrase la puerta en las narices.

–Mi padre está aquí –tartamudeó ella. Nathan recibió la noticia con expresión hostil, pero no expresó sorpresa porque Edward Bradbury hubiera llegado cinco días antes de lo previsto.

–¿Aquí? ¿En este hotel?

–No, no –rechazó Phelix.

–Y eso, ¿exactamente qué tiene que ver conmigo? –preguntó Nathan con frialdad. Ella sintió que se le helaba el corazón por dentro

–Nada –su orgullo herido la llevó a alzar la barbilla. Había dicho lo que tenía que decir. Giró en redondo y volvió a su habitación. Oyó un portazo a su espalda.

Era el final y lo sabía. Iba a cenar con su padre porque no quería que estropeara esa cosa nebulosa que era su tiempo con Nathan. Pero ya estaba estropeada. Nathan no volvería a invitarla a cenar. Y teniendo en cuenta el portazo que acababa de oír, ella tampoco lo invitaría a él.

Condujo al hotel de su padre deseando que la cena acabara pronto. Le costaba recordar la última vez que su padre y ella habían compartido una comida, a pesar de vivir en la misma casa.

Cuando llegó, él estaba en el salón estudiando unos documentos, solo. Sintió lástima de él hasta que recordó que contestaba de malos modos a cualquiera que se dirigiera a él mientras leía sobre asuntos financieros.

—Padre —lo saludó. Él no se levantó para darle un beso; se habría muerto allí mismo si hubiera hecho algo así. Señaló un sillón.

—Siéntate —dijo.

—¿Has tenido buen viaje? —le preguntó por cortesía. Pero a su padre eso no le iba.

—¿Qué está haciendo Mallory aquí? —exigió su padre con grosería insoportable.

—Lo mismo que tú, imagino —contestó ella.

—Te prohíbo que vuelvas a verlo.

—Renunciaste a tu derecho a prohibirme nada el día que me casé con él y dejé de ser tu responsabilidad —replicó ella en voz baja. A diferencia de él, era muy consciente de la gente que los rodeaba.

—Buff —gruñó él—. Mientras vivas bajo mi techo… —empezó, pero calló cuando vio que la expresión de Phelix se iluminaba con una sonrisa.

—Si no convenzo a Grace para que vuelva, puede que deje de vivir bajo tu techo —afirmó ella.

–¡No seas ridícula!

–Oye, ¿es necesario seguir adelante con esta farsa de cena? –Phelix no iba dejarse intimidar.

–¿Has cancelado tu cita con Mallory?

Ella asintió y vio, por la mueca que equivalía a una sonrisa en su padre, que eso lo complacía.

–¿Qué has descubierto? –le preguntó.

–¿Sobre qué?

–¡Llevas aquí desde el lunes! ¡Algo habrás averiguado sobre el contrato que se va a ofertar!

No parecía el momento adecuado para decirle que se había saltado bastantes charlas y que además no había hecho contactos ni cotilleado.

–Todo el mundo parece estar escondiendo sus cartas –contestó. Pensó en la velada a la que había renunciado y en las pocas posibilidades que tendría de ver a Nathan, estando su padre allí–. Has dicho que querías hablar de negocios. ¿De qué negocios? –preguntó, consciente de que su padre se habría reunido con Henry, en vez de con ella, si fuera un asunto legal.

–Ah, ¡aquí llega Ross! –exclamó su padre con una sonrisa de bienvenida–. Lo he invitado a cenar con nosotros.

Phelix deseó levantarse y salir de allí. Había renunciado a su velada con Nathan para evitar una incómoda cena para tres, pero su padre tenía planes propios. Era, cuando menos, vergonzante. Sin embargo, los buenos modales que le había instilado su madre, acudieron en su rescate.

–¿Te sorprende verme? –preguntó Ross, con ojos chispeantes de alegría.

–Siempre es un placer verte, Ross –contestó ella, sin

saber si la alegraba o molestaba su presencia. Tal vez Ross hiciera la velada más soportable.

Si hubiera seguido su instinto, se habría marchado y, al dejar a su padre con Ross, habría impedido que la siguiera a su hotel. Pero no podía volver a llamar a la puerta de Nathan y decirle que la cena seguía en pie. Después de su reacción, su orgullo no se lo permitía. Además, él ya habría encontrado otra compañía para cenar.

A Phelix no le gustó esa idea, así que la descartó. No tenía apetito, pero participó en la conversación cuando resultó necesario, sin ganas. Su mente y corazón estaban en la montaña con Nathan.

A mitad del segundo plato, mientras anhelaba estar con Nathan, lo vio entrar al comedor. Pensó que era una mala pasada de su imaginación.

Pero no lo era. Él localizó su mesa y fue directo hacia ellos. El corazón de Phelix casi estalló de júbilo. Estaba solo, no con una rubia, morena o pelirroja, como había temido. Se preguntó si pasaría de largo y la ignoraría.

Adoptó un aire distante, como si no le importara en absoluto. Pero él se detuvo ante la mesa. Ignoró a su padre, saludó con la cabeza a Ross y se dirigió a ella.

—Ven a tomar una copa después de cenar —la invitó, mirándola a los ojos.

El corazón de ella latía con tanta fuerza que la sorprendió que los demás no lo oyeran. Tardó un segundo en perdonar su frialdad de antes.

—Es buena idea —aceptó. ¡Era maravillosa!

—Mi hija tiene que hablar de negocios —apuntó su padre, dominante—. Será demasiado tarde...

Nathan lo ignoró y agarró la mano izquierda de Phelix. La alzó hasta sus labios y besó el lugar exacto
donde lucía la alianza–. Esperaré.

Se marchó, dejando a Phelix en una nube y a su padre furioso. Ross fue el primero en recuperarse de la inesperada escena.

–¿Cómo de bien conoces a Nathan Mallory? –preguntó, dolido porque hubiera aceptado tomar una copa
con otro mientras cenaba con él.

–Como dijo Nathan, hace años que nos conocemos.

–¿Tuvisteis una relación? –quiso saber Ross.

–¡Cielos, no! –intervino Edward Bradbury–. Phelix
es demasiado educada para rechazar la invitación de
uno de nuestros competidores.

–A mí me ha rechazado –gruñó Ross.

–Se está haciendo la difícil –lo tranquilizó Edward
Bradbury, como si ella no estuviera presente. A Phelix
le dio igual. Nathan la había perdonado y, mejor aún, lo
vería después.

Su padre intentó prolongar la cena al máximo.
Luego insistió en tomar un brandy o dos.

–Tengo que conducir –protestó ella.

–Entonces, tomarás café –miró a Ross–. ¡Tu pobre
padre lleva sin verte una semana!

Asqueada por tanta hipocresía y falsedad, sólo la
educación le impidió decirle a su «pobre padre» que no
recordaba haberlo visto en meses.

Fueron al salón a tomar café y Ross entretuvo a su
padre con detalles sobre las charlas.

–Debes estar cansado por el viaje –le dijo Phelix a
su padre, cuando decidió que ya había pasado bastante
tiempo con ellos. Suponía que Nathan la esperaba en el

hotel y no podía soportar la idea de que se rindiera y se acostara.

—¡En absoluto! —protestó su padre.

—Bueno, yo debería irme…

—He traído unos documentos que tengo que revisar contigo —anunció él. Phelix miró su reloj.

Eran más de las once y media cuando decidió que su cortesía tenía un límite. Se había despedido de Ross, había acompañado a su padre a su suite y revisado con él documentos que no tenían nada que ver con su especialidad. Sabía que su padre intentaba impedir que viera a Nathan Mallory.

Frustrada más allá de lo imaginable, le dijo a su padre que volvía a su hotel.

—¿Y qué pasa con Ross Dawson? —exigió él.

—¿Qué pasa con él?

—¡Quiere casarse contigo! Sería una gran…

—Olvídalo, padre. Nunca me casaré con Ross.

—¡No eres razonable! —protestó Edward Bradbury, airado—. Ross es un buen hombre. Él…

—Sé bien lo que es Ross —lo cortó ella—. Estoy de acuerdo en que es un buen hombre. Pero no es el mío. No —recalcó—, no me casaré con él nunca.

—Prefieres seguir casada con ese… con ese…

—Se llama Nathan Mallory —lo interrumpió con calma—. Y me voy a…

—¡A tomar una copa con él! —clamó, furioso por no salirse con la suya. Veía cómo se esfumaba su sueño de Bradbury, Dawson & Cross.

—Si no se ha cansado de esperarme.

—Espero que sí —le escupió—. ¡No te conviene!

—¿Y tú sí? Buenas noches, padre.

–Vigílalo, no cejará hasta vengarse –amenazó él–. ¡Quiero que estés aquí a primera hora! –añadió, al ver que ella no se inmutaba.

Era medianoche cuando Phelix llegó al hotel. Se le saltaron las lágrimas al pensar que Nathan no estaría esperándola en el bar a esas alturas.

Pero estaba en el salón contiguo. Incrédula, se acercó a él rápidamente, jubilosa.

–¡No esperaba encontrarte! –exclamó.

–Dije que esperaría –contestó él, captando la ansiedad de sus ojos–. Ven a sentarte. ¿Qué quieres tomar?

–Un café –contestó ella, aunque no quería beber nada. Sólo quería estar con él.

Ambos tomaron café. Nathan parecía encantado de que estuviera allí.

–¿Sabías que tu padre iba a venir? –preguntó él con cortesía, pero un leve deje de censura. Ella movió la cabeza negativamente.

–Me telefoneó anoche. Grace, nuestra ama de llaves, por fin se hartó y se ha marchado.

–¿Y te dijo que vendría hoy?

–No –contestó ella. Nathan debía de estar pensando que había tenido tiempo de sobra para darle esa información por la mañana.

–¿Apareció de repente?

–¿Siempre le haces el tercer grado a la gente que toma café contigo? –su padre acababa de interrogarla. Por mucho que quisiera a Nathan, no quería más preguntas.

–Sólo a la gente que me importa –dijo él, tras escrutar su rostro unos segundos.

–Ah, entonces está bien –murmuró ella, con tanta

indiferencia como pudo. Su corazón volvía a ser un tambor. Se dijo que eso no implicaba que la considerase una persona especial.

—¿Le mencionaste anoche, cuando hablasteis, que estaba aquí? —se interesó Nathan.

—Puede que mencionase que había cenado contigo —ironizó, admirando su perspicacia.

—Apuesto a que no le gustó. ¿Vas a volver a cenar con él y con Dawson mañana?

—¡No si puedo evitarlo! —hizo una mueca—. La verdad es que hoy tuve que elegir entre cenar con mi padre en su hotel, o que se uniera a nosotros aquí. No sabía que había invitado a Ross.

—¿Tu padre quiere que te cases con Dawson?

—No sería fácil, con un Mallory de por medio —sabía que Nathan apreciaría la sutileza de que estar casada con él bloqueara los planes de su padre.

—Me encanta ser útil —sonrió él. Luego se puso serio—. ¿Dawson no te interesa en ese sentido?

—Me gusta; es buena compañía. Pero no, nunca me casaré con él —contestó ella. Sin duda, el hombre que tenía ante sí tenía buena intuición. Ya lo había demostrado ocho años antes, al comprender que la anulación convenía a su padre.

—¿Pero te lo ha pedido? ¿Dawson? ¿Quiere casarse contigo? ¿Está enamorado de ti?

—Me incomoda hablar de los sentimientos de otra persona por mí —dijo ella—. No es justo.

Nathan la miró, solemne, y luego esbozó esa sonrisa que la derretía.

—Phelix Bradbury, eres una persona muy especial, ¿lo sabías?

Phelix bailaba por dentro. Había dicho que ella le importaba y que era especial. Era demasiado.

–Bueno, si seguimos aquí, mañana no serviremos para nada –dijo, mirando las tazas de café vacías. Deseó retirar lo dicho, pero era tarde. Nathan se había puesto en pie.

Fueron juntos al ascensor y subieron a la quinta planta. Él no le preguntó qué iba a hacer al día siguiente. Tal vez porque sabía que su padre estaría presionándola. O porque no quería que se repitiera la cancelación de esa noche.

Llegaron ante su puerta y Nathan la miró. La noche anterior la había besado y ella deseaba que volviera hacerlo.

–Buenas noches –le dijo. Alzó la mirada hacia él y vio una pregunta en sus ojos. «¿Crees que soy la clase de hombre que te dejaría irte a la cama sin un beso?» Se rindió; sonrió y él no necesitó más.

La noche anterior la había besado sin tocarla. Esa vez la atrajo hacia él. Y fue delicioso.

–Buenas noches –le dijo después, soltándola.

–Buenas noches –tartamudeó ella. Le temblaban los dedos y no pudo abrir la puerta.

Nathan se hizo cargo. Abrió y encendió la luz. Ella entró jubilosa, seguida por Nathan, que cerró la puerta a su espalda.

–Esto es más íntimo –dijo él, volviendo a rodearla con sus brazos.

La besó de nuevo y ella, anhelante, se entregó por completo. Él interrumpió el beso para mirarla y dilucidar cómo se sentía.

Debió captar que se sentía de maravilla, porque volvió a abrazarla. Ella deseó gritar su nombre, pero tenía un nudo en la garganta.

–¿Estás bien? –preguntó él, como si temiera que la asustara la intimidad.

–Muy, muy bien –contestó ella. Lo amaba y adoraba su sonrisa tierna. Él la besó con mayor urgencia y ella le devolvió el beso, deseando estar más cerca de él.

Después, abrió los ojos y vio la enorme cama doble. El personal de habitaciones había colocado su camisón de encaje sobre la cama abierta. De repente, todo le pareció demasiado íntimo, más de lo que estaba dispuesta a aceptar en ese momento.

–Yo… eh… –empezó. Nathan siguió su mirada a la cama abierta.

Se portó de maravilla. Muchos hombres habrían intentado derrumbar la barrera invisible que ella estaba alzando, pero Nathan no intentó presionarla lo más mínimo. La soltó.

–Prefieres pensártelo, ¿eh, gallina? –bromeó.

–Oh, Nathan –se rió, pero era verdad–. ¿Te importa?

–Nunca hagas algo si no estás convencida al cien por cien –la besó y dio un paso atrás.

–No es… por ti –musitó ella.

–Lo sé, cariño –contestó él con ternura.

Sólo por eso deseó volver a estar en sus brazos. Pero su estricta infancia y las represiones de su adolescencia no eran fáciles de superar.

–Buenas noches, Nathan –le dijo.

–Buenas noches, cielo –fue a la puerta y salió. Phelix pensó que no era raro que lo amara tanto.

CAPÍTULO 7

PHELIX estuvo despierta durante horas. Imposible dormir. Nathan la había llamado cariño y cielo, insinuando que ella le importaba, al menos un poco. Y había dicho que era especial.

Suspiró y se dio la vuelta en la cama. Nada de eso implicaba que sintiera lo mismo que ella, por supuesto. Pero la había abrazado y besado, y había comprendido que se retrajera.

Lo amaba. Sin duda, si realmente le importaba, si la consideraba su cielo, encontrarían algún momento para estar juntos antes del martes.

Phelix volvió a revolverse en la cama, preguntándose si estaría haciendo una montaña de un grano de arena. Si asumía demasiado.

El pobre sólo había sido amable y tierno. Había utilizado palabras cariñosas a las que en ciertos círculos no se daba ninguna importancia, pero ella las estaba cargando de significado.

Sus dudas regresaron multiplicadas. Nathan iría a pedir el divorcio de inmediato si llegaba a imaginar cómo estaba interpretando sus acciones.

Phelix, incapaz de dormirse, comprendió que si quería seguir siendo amiga de Nathan, debía estar en guardia para esconder cuánto la afectaba hasta la más mínima de sus sonrisa. Si iba a nadar por la mañana y Nathan estaba allí...

Finalmente, por puro agotamiento se durmió. Pero el teléfono la despertó poco después. Se sentó en la cama, encendió la luz y miró el reloj. Eran las cinco y media.

–¿Hola? –contestó.

–Te he reservado un vuelo de vuelta –dijo su padre con voz irascible–. Ponte en marcha.

Phelix entró en estado de alerta. Pasar unos días en un país extranjero la había alejado un poco de la presión de su padre. No estaba dispuesta a que la manipulara a su antojo.

–No tengo planes de ir a ningún sitio –afirmó. La noche anterior lo había contrariado accediendo a tomar una copa con Nathan Mallory. Sin duda, ésa era su forma de asegurarse de que no volviera a hacerlo. Como si fuera una colegiala traviesa, para mantenerla lejos de la influencia de Nathan, ¡la enviaba de vuelta a casa!–. Voy a quedarme hasta el martes, tal y como habíamos planeado.

–Si eso es lo que quieres, de acuerdo –aceptó él con serenidad.

–Bien –Phelix pensó que algo fallaba. Ése no era el padre a quien conocía y de quien desconfiaba–. Gracias por despertarme a las cinco y media de la mañana para tener esta conversación.

–¡Serás desvergon...! –su voz sonó desagradable, como era habitual, pero consiguió controlarse–. Si quieres quedarte, hazlo –siguió–. Estoy seguro de que Henry Scott se recuperará...

–¡Henry! ¿Qué le ocurre a Henry? –preguntó ella,

olvidando la animosidad hacia su padre–. ¿Está enfermo?

–Recibí una llamada anoche. Por lo visto Henry sufrió un colapso ayer y lo llevaron al hospital.

–¿Qué le ocurre? –preguntó ella.

–No me dieron detalles, no puedo decirte en qué hospital está, pero por lo visto preguntó por ti.

«Oh, Henry, Henry», Phelix intentó controlar su sensación de pánico.

–¿Me has reservado un vuelo?

–El primero que pude conseguir. Pensé que te tal vez desearías ir a verlo.

–Gracias, padre –dijo Phelix, algo asombrada por su consideración y también avergonzada de sí misma. Su padre tenía un lado bueno, aunque consiguiera esconderlo muy bien.

–No tiene importancia –contestó él. Le dio los datos del vuelo que había reservado.

Phelix se dio una ducha rápida e hizo la maleta. Sabía que no iba regresar. Henry debía de haber sufrido un infarto y preguntaba por ella. Pero, a pesar del miedo que sentía por Henry, no pudo evitar pensar en Nathan.

Anhelaba escribirle una nota y meterla bajo su puerta antes de irse. Pero temía estar dando más importancia a su «amistad» de la que él habría deseado. Tal vez se encogiera de hombros y, pensara que la nota era innecesaria. Echó un vistazo al teléfono, pero controló su deseo de llamarlo. Era demasiado temprano para molestarlo.

Iba hacia el aeropuerto cuando se dio cuenta de que le había contado a Nathan muchas cosas, pero que él no había desvelado mucho de sí mismo. Era muy vulnerable con respecto a él y se alegró de no haberlo llamado antes de marcharse. Al fin y al cabo, él se habría limitado a decirle «Adiós», y ella se habría sentido como una tonta por despertarlo tan temprano.

Cuando el avión aterrizó en Londres, hacía calor. No sabía en qué hospital estaba Henry, así que decidió pasar por la oficina. Allí le dirían dónde encontrarlo y si había mejorado.

Phelix fue al edificio de la empresa Edward Bradbury, directa al departamento legal. El miedo le atenazaba el corazón. La primera persona a la que vio fue a Henry Scott, sonriente y con aspecto saludable.

–¡Phelix! –exclamó con deleite–. No te esperaba hoy –escrutó sus ojos–. Estás algo pálida. ¿Te encuentras bien?

–He… venido muy deprisa –lo examinó buscando alguna señal de enfermedad–. Oí decir que estabas a las puertas de la muerte –le dijo, demasiado conmocionada para callárselo.

–Aún no me quieren allá arriba –rió él–. Ven a mi despacho y háblame de tu viaje –la invitó.

–¿Qué te ocurrió? –inquirió ella en cuanto cerró la puerta y se sentaron.

–¿Tu padre? –adivinó Henry–. Te telefoneó.

–Está en Davos –le comunicó ella. No era momento para andarse con rodeos. Además, Henry lo sabía todo de su padre y sus manipulaciones. Henry la miró con sorpresa.

–Esa información no me había llegado –dijo él. Ambos sabían que su padre, sospechando que Henry la llamaría para avisarla de que iba en camino, le había ocultado la información.

–Me llamó esta mañana para decirme que habías tenido un colapso y te habían llevado al hospital –aclaró Phelix. Le interesaba más saber cómo estaba Henry de salud que enfadarse porque su padre la hubiera asustado a propósito, para vengarse por desafiarlo viendo a Nathan Mallory–. ¿Es cierto que tuviste un colapso?

–No fue tan dramático –empezó Henry.

–¿Qué ocurrió? –preguntó Phelix, asustada.

–Tuve un olvido, de viejo supongo, porque para mí es algo tan natural como comer, y olvidé ponerme la dosis de insulina.

–Insulina… ¿eres diabético? –preguntó ella, desconcertada.

–Así es.

–¡No lo sabía! –se quejó.

–No tenías por qué saberlo. Está bajo control… normalmente.

–¿Pero ayer no?

–Un descuido por mi parte. No volverá a ocurrir.

–¿Te desmayaste?

–Fue una tontería –rió él, quitándole importancia–. Me fui de compras en vez de ir a comer, y me desperté en el hospital. Obviamente, me hicieron una prueba de glucosa al ver que no recuperaba el conocimiento, solucionaron el problema y me retuvieron allí hasta que consideraron que estaba en condiciones de irme.

–¿No deberías de estar descansando?

–Eh, no te alteres, sé buena chica –la tranquilizó con tono paternal–. Estoy perfectamente. Fue algo sin importancia.

Ella comprendió que prefería bromear sobre el tema.

–Tal y como me lo contaron, estuviste preguntando por mí –comentó ella, a la ligera.

–¿A quién iba a llamar cuando recuperé la consciencia sino a mi buena amiga Phelix? –bromeó él.

Ella sonrió, sintiendo un gran alivio porque hubiera recibido la atención necesaria a tiempo. Se preguntó si su padre sabía más sobre el colapso de lo que había dicho. Seguramente sí.

Pero tras comprobar que Henry no tenía nada grave, recordó algo más importante que el que su padre la hubiera manipulado para que se alejara de un país en el que había un hombre con quien no quería que se relacionara.

–Tú sí que has sido un buen amigo para mí, ¿verdad, Henry?

–Oh, vaya, te has puesto muy seria –dijo él, sin definirse hasta descubrir a qué se refería.

Phelix sabía que no admitiría nada que pensara que podía incomodarla. Así que tendría que ser ella quien pusiera las cosas en claro.

–Conoces el nombre del hombre con quien me casé, ¿no, Henry? –preguntó. Segura de que no le mentiría, esperó su respuesta.

–Siempre lo he sabido –admitió él–. Desde el día de después de la boda.

–¿Fuiste al registro a enterarte?

–No te enfades conmigo, Phelix –pidió Henry, aunque ella no estaba en absoluto enfadada–. Estabas muy disgustada y, aunque no podía hacer nada al respecto, le habría fallado a tu madre si no hubiera averiguado quién era el hombre y qué consecuencias podía tener esa boda para ti.

–Oh, Henry –decidió expresar la sospecha que había anidado en ella con el paso de los años–. Amabas a mi madre, ¿verdad?

Henry desvió la mirada un momento.

–Felicity era una santa –contestó–. Tenía la sincera esperanza de que algún día podría pedirle que se casara conmigo.

Phelix sintió que las lágrimas le quemaban los ojos. No la sorprendía la admisión de Henry. Pero era muy doloroso que, a pesar de que habría sido mucho más feliz con Henry, su madre se hubiera quedado con su cruel y abusivo esposo para no separarse de su hija.

–Mi queridísimo Henry –murmuró Phelix–. ¿Sabías que mi padre la trataba muy mal?

–Si me hubiera enfrentado a él, sólo habría conseguido empeorar las cosas –admitió Henry.

–¿Y seguiste aquí, trabajando para él?

–No quería hacerlo. Rechacé varias ofertas mejores. Pero si me hubiera ido, habría perdido la posibilidad de ayudar a Felicity. Y –confesó–, cuando perdí a Felicity, aunque no era mía…

–Te quedaste aquí ¿por mí? –adivinó Phelix.

–Me di cuenta de que podrías ser subyugada como lo había sido tu madre. No podía permitirlo. Pero no debí de preocuparme –añadió con una sonrisa–. Creo que empezaste a encontrarte a ti misma el día que te casaste con Nathan Mallory.

–Y me animaste a cada paso del camino.

–Siempre tuviste fuerza, sólo necesitabas un poco de apoyo. Si las cosas hubieran ido como yo deseaba, habrías sido mi hija, mi hijastra –rectificó–. Por supuesto que te animé.

Phelix sabía que habría sido un padrastro excelente y la emoción la atenazó un instante. Aun sin serlo, siempre se había preocupado por ella. Se dolió internamente por la vida que podría haber tenido su madre, por lo que habría podido ser. Hizo un esfuerzo para recomponerse.

—¿Enviaste tú esa nota a Nathan Mallory?

—¿A qué nota te refieres?

—Te estás escabullendo —lo acusó Phelix—. Sabía que habías sido tú —le dio un golpecito al ver que no contestaba—. Hace ocho años. Tu amigo Oscar Livingstone, ¿recuerdas?

—¡Santo cielo!

—Exacto. Cuando te conté el horrible trato que había recibido Nathan, hiciste que lo investigaran y luego te pusiste en contacto con el señor Livingstone. Después enviaste una nota a Nathan, sugiriendo que lo llamara.

—¡Santo cielo! —repitió Henry—. Sabía que eras inteligente pero, ¿cómo has descubierto eso?

—No fui yo. Tuve ayuda. Nathan Mallory está en Davos. Empezamos a hablar… —su voz se apagó. Recordó los fuertes brazos de Nathan rodeándola, sus maravillosos besos…

—¿Lo descubrió Nathan Mallory? —a Henry no pareció sorprenderlo que Nathan estuviera en Suiza al mismo tiempo que ella—. ¿Cómo lo hizo?

—Estuvimos hablando. Le dije que habías venido a casa el día después de la boda y que te lo había contado todo, sin decirte con quién me había casado. También mencioné que tú conocías a todo el mundo y Nathan ató los cabos sueltos.

—¿Cómo te llevaste con él? —preguntó Henry.

—Muy bien —Phelix se sonrojó—. Cenamos juntos una noche y fui lo bastante tonta como para mencionárselo a mi padre cuando telefoneó.

–Apuesto a que salió para allá en el primer avión –dijo Henry, risueño. Phelix se rió.

–Henry, creo que tienes una vena malévola.

–Pues llevo años intentando ocultarla.

Phelix se levantó y fue hacia él, que también se puso en pie.

–Muchas gracias por salvar a Nathan de perderlo todo –dijo, besando su mejilla.

–Ha demostrado con creces que merecía ser salvado –contestó él con toda sinceridad–. ¿Crees que debería llamar a tu padre para decirle que no se preocupe por mí? –dijo, con una sonrisa.

–¡Sí que eres malvado! –ambos rieron.

Tras dejarlo, Phelix fue a su despacho, pero estaba demasiado inquieta para trabajar. Comprobó que no había nada urgente y después, diciéndose que no la esperaban en la oficina hasta el miércoles siguiente, dio la espalda al trabajo, llamó a Henry para decirle que se iba y fue a casa.

Todo estaba muy callado sin Grace allí. Y pasear por el frío mausoleo que era su hogar no la tranquilizó en absoluto.

Deshizo la maleta, puso la lavadora e, intranquila, se preguntó si no habría sido mejor quedarse en la oficina. En el fondo, sabía que su inquietud era más de espíritu que debida a la falta de cosas que hacer. No habían pasado veinticuatro horas desde que Nathan la besara…

Phelix se alegraba de que Henry se hubiera recuperado rápidamente, pero empezaba a considerar un hecho que su padre, tras su «Eso ya lo veremos», había utilizado la indisposición temporal de Henry para alejarla de Nathan Mallory.

Y ella se había dejado engañar. Le había comunicado la hora del vuelo en el último momento posible. Phelix no se arrepentía de haber vuelto a casa para ver cómo estaba Henry, pero anhelaba con todo el corazón estar en Suiza, donde habría podido ver a Nathan de nuevo.

Pasó la media hora siguiente dándole vueltas a la cabeza. Emocionalmente, deseaba estar de vuelta en Davos. Sin embargo, su mente lógica sabía que su pequeño «escarceo» con Nathan había terminado. Igual que sabía que había hecho bien marchándose sin avisarlo. Se sonrojó al pensar en el ridículo que habría hecho metiendo una nota por debajo de su puerta.

Se había terminado. Posiblemente, desde el punto de vista de él, no había llegado a empezar. Él se asombraría si supiera cuánto valor había dado a esos besos que para él sólo habían sido un placer momentáneo.

Para dejar de pensar en eso, Phelix fue a la cocina. Grace tenía una lista de teléfonos en el tablero de notas. Un minuto después hablaba con Midge, la amiga de Grace.

–Me preguntaba si has sabido de Grace últimamente –dijo Phelix, tras presentarse.

–Grace está aquí. Espera un momento.

–¿Ya has vuelto? –le preguntaba Grace un minuto después.

–He vuelto hoy –le dijo Phelix–. ¿Qué pasó, Grace?

–Llevo años cocinándole su plato favorito de carne y riñones, ¡y de repente decide que no lo hago bien! –exclamó Grace, indignada.

–¿Tuvisteis una pelea?

–¡Nos despellejamos! –rió Grace.

–Veo que ya te sientes mejor.

–Pero no volveré, si es lo que quieres saber.

–No, sólo quería asegurarme de que estás bien. ¿Lo estás?

–Muy bien. Me quedaré con Midge un tiempo, mientras considero mis opciones. La verdad, Phelix, no te lo tomes a mal, es un alivio haber salido de esa casa.

Phelix no se lo tomó personalmente. Ella sentía lo mismo. Charló con Grace un rato y concluyó la conversación diciéndole que se pusiera en contacto con ella si necesitaba cualquier tipo de ayuda. Hizo nota mental de añadir una cuantiosa compensación al último salario de Grace y de intentar mantenerse en contacto con ella. Colgó deseando poder, como Grace, hacer las maletas y marcharse.

La idea era muy atractiva, pero supuso que sería mejor esperar hasta contratar e instalar a una nueva ama de llaves. Un trueno distante interrumpió sus pensamientos. Se acercaba una tormenta. Pero, para alivio de Phelix, la tormenta siguió lejos.

Se acostó pensando en Nathan, su amor. Sin embargo, sabía que para él sólo era una de tantas, y que el amor no se le había pasado por la mente.

El aire seguía cargado cuando se levantó al día siguiente. Hacía falta una tormenta para limpiarlo, pero habría preferido estar en Suiza, con Nathan, cuando llegara.

Intentó concentrarse en cosas prácticas. El día anterior se había ocupado de recoger la cocina y poner el lavavajillas con lo que había usado su padre desde la marcha de Grace. Dedicó la mañana del sábado a poner la casa en orden.

Tras pasar la aspiradora y limpiar el polvo, salió a

comprar leche y algo de comida. No tenía apetito, pero decidió buscar algo que la tentara.

A las ocho de la noche, tras cenar una ensalada y un plátano, Phelix subió a su habitación a ducharse. Hacía un intenso bochorno y sabía que si no se duchaba ya, sería incapaz de hacerlo una vez empezara a descargar la tormenta.

Se sintió mejor tras ducharse, pero era temprano para acostarse. Sabiendo que no conseguiría dormir, se puso un ligero pijama de seda negra. Apenas lo utilizaba, pero hacía demasiado calor para otra cosa y no había nadie más en casa. Decidió bajar a leer al salón.

A las diez de la noche supo que estaba haciendo el ridículo. Tenía que hacer algo con respecto a Nathan Mallory, invadía su mente, impidiéndole concentrarse en nada.

Empeñada en aguantar hasta las once, Phelix volvió a intentar interesarse en el libro; esa vez fue un violento trueno lo que interrumpió su concentración. Intentó mantener la calma, pero dio un bote cuando sonó el timbre de la puerta.

Fue de la sala hacia la entrada. Otro trueno rompió el silencio, haciéndole olvidar su cautela habitual. Sin mirar por la mirilla, abrió la puerta. La sorpresa la dejó muda.

–¡Nathan! –gimió cuando recuperó el habla, dudando de sus ojos. Un relámpago iluminó el cielo–. Entra –lo invitó–. ¡Te vas a empapar!

Phelix tomó aire cuando el alto guapo y adorado Nathan Mallory cruzó él umbral. Cerró la puerta con el corazón desbocado por la maravillosa sorpresa de verlo de nuevo. Se preguntó qué hacía allí. Se lo había imaginado en Suiza, donde debería seguir.

–¿Qué te trae a este apartado rincón? –preguntó con ligereza, intentando controlar su excitación. Sabía a ciencia cierta que no había ido a ver a su padre. Nathan, tras regresar de Suiza por la razón que fuera, ¡había ido a verla a ella!

–Mi coche se estropeó cerca de aquí –contestó. Su mirada indicó claramente que mentía.

–¿Alguna excusa mejor? –lo animó ella–. Ninguno de tus coches soñaría con estropearse.

–Estaba aburrido –ofreció él con una sonrisa.

Ella lo miró de arriba abajo. Moreno, guapo y con un traje inmaculado y corbata.

–¿Vestido para salir y ningún sitio dónde ir?

–La llevé a su casa –admitió él–. No me quedé –añadió rápidamente.

Phelix no supo qué sensación predominaba, si los celos porque hubiera salido con otra mujer, o el deleite porque eso lo hubiera aburrido. Al ver que Nathan la estaba mirando, recordó su ligera vestimenta. Supo, por cómo miraba sus senos, que había notado que no llevaba ropa interior.

–¡Hace calor! –exclamó. La sofisticación que había intentado proyectar se quedó en nada.

–Ay, amor –murmuró él.

–¿Quieres un café? –le ofreció. Se sentía incómoda y vulnerable, necesitaba distancia.

–Me encantaría un café –aceptó Nathan con voz queda. La miró con ternura, como si supiera exactamente lo que estaba sintiendo.

–¿Quieres esperarme aquí? –sugirió Phelix, como buena anfitriona, indicándole el salón.

–¿Puedo ayudar? –ofreció él.

–No. Sólo tardaré un par de minutos.

Lo dejó en la sala y fue a la cocina. Se alegraba de haberle ofrecido café, y de que lo hubiera aceptado, pero sabía que tenía que aprovechar esos minutos de preparación para intentar recuperar la compostura.

De repente, un trueno ensordecedor le hizo ver el rostro de su madre, suplicándole a su padre. Siguió otro trueno, justo sobre la casa. La luz parpadeó un par de veces y se apagó. Estuvo a punto de gritar pero, un segundo después, la luz volvió y Nathan estaba a su lado.

Puso las manos en sus hombros, le dio la vuelta y la atrajo hacia sí, protector.

–¿Sigue afectándote? –preguntó, comprensivo.

Phelix asintió contra su hombro. Se sentía segura con él, y era maravilloso.

–Ya estoy bien –dijo, apartándose un poco.

–No seas aguafiestas –protestó él, risueño–. Sabes que disfruto teniéndote entre mis brazos.

–Oh, Nathan –gimió ella. Pero, tal vez como él había pretendido, sonrió–. Café –afirmó, pensando que tendría la fuerza necesaria para liberarse del abrazo. Pero él inclinó la cabeza y la besó, desmadejándola.

–En realidad no quiero café –comentó él.

Su mirada parecía indicar que la quería a ella, pero Phelix estaba tan confusa que dudaba de interpretar correctamente las señales.

–Y… ¿tu coche no se ha estropeado? –inquirió, buscando confirmación.

–He aparcado delante de la entrada. Quería verte, Phelix –añadió, con voz dulce.

–Eso es… muy amable –consiguió decir ella, derritiéndose. Él se rió, deleitado.

–Puedes hacerlo mejor –sugirió.

Ella alzó la vista hacia sus ojos grises y supo que sí podía. Se puso de puntillas, besó su mejilla y lo abrazó.

–¿Mejor así? –preguntó. Notó que los brazos de él la apretaban, impidiéndole apartarse.

–Hum, creo que debería advertirte que cabe la posibilidad de que estemos entrando en terreno peligroso –apuntó él, sin soltarla.

–No estoy segura de qué siento al respecto –contestó ella con honestidad. No le gustó que Nathan aflojara los brazos y pareciera a punto de dar un paso atrás–. Pero eso no quiere decir que no me gustaría… eh…

–¿Investigar un poco?

–Haré ese café –dijo Phelix, acobardándose. Se habría apartado, pero él lo impidió.

–No te vayas –la recriminó–. ¿Por qué no te quedas aquí y me das una buena razón para no haberme avisado de que ibas a escapar?

Se refería a Suiza, claro. Supo que debería habérselo dicho. Teniéndolo ante sí, era obvio.

–Quise avisarte pero… –no podía decirle que no lo había hecho porque no se sentía segura de su amistad… o lo que fuera.

–¿Preferiste que me enterara por tu padre?

–¿Él te dijo que yo…?

–Fue al hotel a pagar tu cuenta, o eso dijo. Pero como estaba seguro de que ya lo habrías hecho tú, supuse que fue para explicarme que lo habías llamado para que te reservara el primer vuelo disponible.

–No… no fue así –confesó ella.

–¿No te marchaste porque te asusté al besarte como te besé? –preguntó él, muy serio.

Ella lo miró, asombrada de que hubiera podido pensar eso. Sólo se le ocurrió una forma de demostrarle que estaba muy equivocado.

Alzó la cabeza, se puso de puntillas y besó sus labios. No fue un beso breve, sino largo y cariñoso. Se apartó de él ruborosa.

–Me has convencido –dijo Nathan, mirando fijamente sus enormes ojos verdes. Después, retomó el asunto por donde lo había dejado el jueves por la noche.

De una forma u otra, su chaqueta y corbata acabaron en una silla. Phelix sentía la calidez de su pecho abrasándola a través de la fina seda, mientras la boca de él atrapaba la suya, buscando y encontrando una respuesta.

–Eres preciosa, querida mía –murmuró él, mirándola con ternura. Ella, emocionada por las palabras de cariño y admiración, lo rodeó con los brazos. Era cálido y maravilloso y adoraba que la abrazara y besara.

Pero, de repente, sintió dudas. Ella lo amaba y siempre lo amaría. Pero cuando sintió sus manos introducirse bajo la camisola de seda y acariciar su espalda desnuda, se asustó.

Nathan volvió a besarla, largamente, y se relajó de nuevo. Pero cuando esas manos se deslizaron hacia sus senos, se apartó bruscamente.

–Lo siento –se disculpó, tensa y avergonzada.

–No tienes nada que sentir –le aseguró Nathan con calma, escrutando su rostro.

–Pensarás que soy una coqueta, o algo.

–¿Crees que no te conozco mejor que eso?

–¿Me conoces? –estaba a medio metro de él–. Hace menos de una semana.

–Llevo casado contigo ocho años, ¿recuerdas? –bromeó él, intentando hacerle sonreír–. Y, aunque hay mucho que no sabemos el uno del otro, sé que eres buena, generosa y honesta como la que más. Es un buen principio, ¿no crees?

«Un principio, ¿de qué?», el corazón de Phelix golpeteaba en su pecho como una ametralladora.

–Yo… quería dejarte una nota explicando mi marcha, pero no quería que pensaras…

–Deberías aprender a confiar más en tus instintos –sugirió Nathan, con voz queda.

Ella sonrió. Deseó besarlo otra vez, pero no se atrevió. Había una barrera que, por más que lo amara, era incapaz de atravesar.

–Avisaron a mi padre de que Henry había sufrido un colapso… Él, mi padre, me reservó un vuelo para que volviera a casa –explicó ella.

–Estás demasiado lejos –comentó Nathan, pero no hizo amago de acercarse.

Nathan acababa de recomendarle que confiase en sus instintos. Phelix inspiró profundamente y fue hacia él. Puso las manos en su cintura.

–¿Qué es lo falla en mí? –preguntó.

–Cielo, tienes tantas cosas buenas, que me asustaría si no hubiera algo que fallara un poco.

–Dudo que haya algo que te asuste –dijo ella, con una leve sonrisa.

Nathan debió interpretar su sonrisa de forma positiva porque, aunque no la besó, volvió a rodearla con sus brazos.

–Dime cómo está Henry. ¿Fue un infarto?

–Eso pensé yo –dijo ella, relajándose–. No sabía a qué hospital lo habían llevado, así que fui a la oficina antes. Allí, para mi sorpresa, me encontré con Henry, con un aspecto excelente.

–¿Tu padre te asustó por pura diversión?

–No exactamente. Henry sí había tenido un colapso y lo llevaron al hospital. Pero no fue el corazón, había olvidado ponerse la dosis de insulina. ¡Yo no sabía que era diabético!

–Pobre Phelix –simpatizó Nathan.

–Pobre Henry –dijo ella. Sonrió abiertamente–. Tenías razón. Fue Henry quien te envió la nota.

–Después de hablarle de mí a Oscar Livingstone –concluyó él–. ¿Le contaste mis sospechas?

–Tuve que hacerlo. Me preguntó cómo lo había descubierto, y le dije que había tenido ayuda.

–Concertaré una reunión con él –dijo Nathan.

Ella lo miró y tuvo la sensación, por sus ojos, de que estaba esperando algo, pero no supo qué era. Sin embargo, sentía tanto amor por él que no pudo contenerse.

–Quiero besarte –le dijo, ronca.

–Si es lo que quieres hacer, Phelix, te aseguro que no tengo ninguna objeción.

–Oh, Nathan. ¿Y si vuelvo a acobardarme?

–Soy un chico fuerte, lo soportaré –sonrió él.

Se miraron y sus bocas se encontraron de mutuo acuerdo, a mitad de camino. Ella sintió júbilo al estar cálida, segura y cerca de su pecho de nuevo.

–¿Ha estado bien? –preguntó él, después.

–¿Podríamos probar otra vez?

–Creo que sí –accedió él risueño, sin presionarla. Volvió a llevarla al séptimo cielo con sus besos, unos largos e intensos, otros breves.

Cuando dejó de besarla, él la alejó con suavidad.

–Mi dulce Phelix –murmuró–. Te quiero muchísimo, pero…

Ella se ruborizó. ¡La quería! Nunca había sentido una felicidad comparable. Lo besó con pasión. Nathan la quería. No necesitaba oír más. Sus barreras inconscientes se desmoronaron, desapareciendo sin dejar rastro.

Sólo quedaba una en pie. Quería decirle que ella también lo quería, pero era demasiado tímida.

Sin embargo, cuando dejaron de besarse y se miraron, temió que Nathan la apartara de él y su lengua adquirió vida propia, lanzándose.

–Nathan, quiero hacer el amor contigo.

Él la miró como si no pudiera creer lo oído.

–¿Quieres hacer el amor?

–Sí –respondió ella sin dudarlo. Estaba roja como la grana, pero era la verdad.

Despacio, deslizó los dedos hacia sus costillas. Phelix contuvo la respiración. Él la alejó un poco.

–¿Estás segura? –preguntó.

–Segura –contestó ella, aunque se adentraba en terreno desconocido. Sintió un intenso placer cuando él acarició sus senos hinchados, sin apartar la vista de sus ojos.

–¿Sigues estando segura?

Era la primera vez que ella deseaba a un hombre. Pero Nathan no era cualquiera, era el hombre al que amaba, su marido.

–Nunca he estado tan segura de algo –contestó, tras tragar saliva.

–Cielo –murmuró Nathan–. Mi dulce y valiente niña –la alzó en brazos y salió de la cocina, poniendo rumbo a la escalera.

–Peso más de lo que solía –comentó Phelix, mientras él subía las escaleras.

–Es un peso delicioso, te lo aseguro –inclinó la cabeza y la besó antes de ir hacia el dormitorio que ya habían compartido años antes.

Pero la situación era muy distinta. Ella ya no era una adolescente inmadura que necesitara consuelo en una tormenta. ¡Era una mujer cálida, vibrante y deseosa!

Nathan encendió la lámpara de la mesilla. Se besaron y abrazaron hasta que Nathan la soltó para quitarse la camisa. Phelix, maravillada, extendió la mano para tocar su pecho desnudo. Cuando la abrazó, la calidez de su piel la abrasó a través de la seda. Lo amaba y deseaba ser suya. Sin embargo, cuando iba a quitarle la camisola, Phelix descubrió que aún tenía inhibiciones.

–No puedo –dijo, nerviosa. Agarró su mano.

–No puedes… ¿hacer el amor? –preguntó Nathan, deteniéndose de inmediato, sin asomo de enfado en la voz.

–Es la luz –explicó ella, avergonzada. Adoró que él captara de inmediato que ya había dado un gran salto para escapar de su represión y no estuviera lista para mostrarle su desnudez.

–Mi dulce amor –susurró él, apagando la luz.

–Oh, Nathan –murmuró ella. Después se perdió en un mundo encantado y desconocido, mientras él la besaba y acariciaba.

Cuando ambos estuvieron desnudos, y él capturó uno de sus pezones con la boca, Phelix dejó de pensar y se limitó a sentir.

–Todo va bien, cariño –la tranquilizó él, sintiendo cómo temblaba contra su cuerpo. La llevó hacia la cama.

Se besaron y ella deseó tocarlo, de arriba abajo, pero no sabía qué era aceptable y qué no.

–¿Me ayudas a saber qué hacer? –suplicó.

–Mi niña inocente –canturreó Nathan–. Haz lo que te apetezca –besó sus párpados, sus ojos, su cuello y, mientras ella jadeaba de éxtasis por su ternura, besó sus senos y sus pezones.

El deseo adquirió fuerza y Phelix empezó a liberarse. Tocó y acarició su pecho y lo abrazó con fuerza. Mientras sus dedos recorrían su espalda, la maravilló sentir sus duros músculos.

Nathan, medio encima de ella, puso las manos en sus nalgas, atrayéndola. Sin restricciones, se apretaron el uno contra él otro. Phelix estaba mareada de deleite cuando Nathan, sin dejar de besarla, desplazó las manos hacia su vientre.

Mientras exploraba su cuerpo, Phelix supo que habían llegado a un punto sin retorno. Deseaba hacer el amor con él más que nada en el mundo. Sin embargo, cuando sus dedos iniciaron caricias más íntimas, dejó escapar un gemido temeroso.

–¿Problemas? –preguntó Nathan, temiendo haber llegado a la última barrera, indestructible, de sus inhibiciones.

–Sólo un momento de… timidez –dijo ella, temiendo que dejara de tocarla. Lo besó y se apretó contra él, para aclarar que se moriría si la dejaba en ese estado de necesidad.

–Amor mío –susurró él. La pasión se desbordó y, como si supiera que ella no podía esperar más, se colocó sobre sus muslos entreabiertos–. Te quiero, cariño –murmuró. Y ella, enamorada, lo aceptó en su interior con júbilo.

CAPÍTULO **8**

A PHELIX le pareció increíble amanecer en brazos de su amado. Se había despertado una vez durante la noche pero, temiendo que cualquier movimiento acabaría con la magia sublime que la envolvía, se había quedado quieta y en silencio, disfrutando de la cercanía de Nathan.

Le había dicho que la amaba y tenía ganas de pellizcarse para comprobar que no era un sueño. Pero no lo era. Sentía el calor de su cuerpo junto al suyo, bajo la sábana.

Sin embargo, cuando había deseado expresarle sus sentimientos, su amor por él, la timidez se lo había impedido. Sabía, pensando en la intimidad que habían compartido libremente, que esa timidez no tenía sentido. Él, sin duda, debía de saber por qué había callado su amor.

Habían hecho el amor de forma sublime y perfecta. Su corazón se hinchió de felicidad al recordar lo tierno y cuidadoso que había sido con ella. No habría creído que un hombre pudiera ser tan gentil y tomarse tanto tiempo a la hora de despojarla de su virginidad.

Dejó escapar un leve suspiro de felicidad. Nathan estaba despierto y lo oyó.

–Buenos días, señora Mallory –murmuró.

–Nathan –se volvió hacia él y sus cuerpos se juntaron. Emocionada por sus palabras, miró su rostro y el rubor tiñó sus mejillas.

–¿Aún eres capaz de ruborizarte? –se burló él, acariciándola con sus ojos grises.

Ella volvió a sentir la necesidad de decirle que lo amaba pero, nuevamente, ganó su timidez.

–Buenos días, señor Mallory –contestó. Sintió una punzada de deseo cuando él la besó–. Oh –suspiró. Él la atrajo y supo que Nathan la deseaba tanto como ella a él.

Volvió a besarla, rodeándola con un brazo y con la otra mano en su hombro. La pasión creció y Nathan bajó la mano hacia su pecho. De repente, se apartó de ella un poco y la miró.

–¿Es demasiado pronto para ti? –preguntó.

Al principio ella no supo a qué se refería. Pero al recordar su exquisito cuidado la noche anterior, comprendió que temía que su recién estrenado cuerpo necesitara un tiempo para recuperarse.

–Te deseo –dijo. Lo besó y agarró su cadera para que se acercara a ella de nuevo.

–Me alegro –dijo él sonriente.

Phelix no supo si le habría hecho el amor o no. Un segundo después, su bienestar estalló en pedazos, roto y destrozado sin remedio. Al tiempo que sonaba un estruendoso trueno, su padre irrumpió en el dormitorio.

El mundo empezó a darle vueltas. Había estado tan absorta en Nathan que ni había oído el principio de tormenta, ni había oído el coche de su padre llegar.

Phelix lo miró fijamente, asombrada de que hubiera llegado con el trueno y la hubiera arrancado cruelmente de su éxtasis.

–¡Lo sabía! –rugió su padre, con el rostro contorsionado por la ira. Miró a su compañero de cama–. ¡Es tu coche el que está aparcado ante mi casa, Mallory! Muévelo y desaparece con él.

La escena era de lo más desagradable. El deseo murió de muerte natural. Lo curioso era que Phelix, según emergía de su asombro, no se avergonzó de que su padre la hubiera encontrado en la cama con Nathan. Lo que la avergonzaba era que se atreviera a hablarle así.

–No estoy aquí por invitación suya –replicó Nathan con calma. Soltó a Phelix y se sentó. Phelix, tapándose con la sábana, hizo lo mismo.

–¡Desde luego que no! –gritó Edward Bradbury–. ¡Ni lo estarás nunca! ¡Ésta es mi casa y yo decido quién entra en ella!

Un relámpago rasgó el cielo y Phelix volvió a recordar la noche de la muerte de su madre. Vio el rostro de su padre contraído y malvado, como cuando pretendió violentar a su madre.

Intentó no estremecerse con sus gritos, pero palideció y sintió náuseas. Sabía, por experiencia, que lo mejor era aparentar serenidad, pero tuvo que apelar a años de adiestramiento y esfuerzo para ocultar lo enferma que se sentía por dentro.

Notó, vagamente, que Nathan salía de la cama y se vestía. Le pareció humillante que, mientras su padre seguía gritando e impidiendo cualquier razonamiento, Nathan tuviera que estar presente mientras transcurría la vil y fea escena.

En su mente se alternaron imágenes de su padre asaltando físicamente a su madre y el asalto verbal sobre su amado que estaba produciéndose.

Vio que Nathan tensaba la mandíbula y apretaba los puños. Comprendió que estaba luchando contra el deseo de silenciar a su padre a base de puñetazos. Su padre, con expresión diabólica, seguía gritándole que se fuera cuando Nathan miró su rostro, blanco como la nieve.

–Phelix –dijo.

Oír su nombre la alejó de aquella desgraciada noche, pero no esperó a que Nathan dijera más. En cualquier momento, su padre empezaría a blasfemar de mala manera y no podía soportar la ignominia y degradación de que Nathan lo oyera.

–Vete, Nathan –suplicó–. Por favor.

–No voy a dejarte sola con este demente. Él…

–¡Hazle caso! ¡Vete o llamaré a la policía! –bramó Edward Bradbury. Nathan lo ignoró

–Phelix, tú…

–Será mejor que te vayas –interrumpió ella, casi deseando que dijera «Ven conmigo». Pero no lo dijo–. Se calmará cuando te hayas ido –le prometió.

–¿Estoy empeorando las cosas al quedarme? –preguntó Nathan, nada convencido.

–Sí –como Nathan parecía seguir debatiéndose consigo mismo, insistió–. Por favor, vete.

–¿Estarás bien si me voy? –preguntó Nathan, dubitativo, aunque suponiendo que conocía lo ataques de ira de su padre mejor que él.

Phelix asintió, deseando que se marchara antes de que su padre la avergonzara más aún empezando a utilizar lenguaje obsceno.

–Estoy acostumbrada. Se calmará pronto –dijo, con la esperanza de que fuera así. Deseó llorar cuando, tras observar su rostro aparentemente sereno un momento, Nathan hizo lo que le pedía y salió, seguido por su padre.

Los oyó bajar las escaleras y un nuevo altercado cuando Nathan fue a la cocina por su chaqueta, corbata y las llaves del coche. Su padre seguía gritando cuando oyó una puerta de coche cerrarse de golpe y el rugido del motor alejándose.

Entonces llegaron las lágrimas. A mares. Phelix corrió a su cuarto de baño y se encerró dentro. Se metió bajo la ducha.

La noche con Nathan había sido mágica. Pero había quedado arruinada, hecha jirones. Su padre la había destrozado igual que destrozaba todo.

Adivinó que volvería a subir a su habitación, a seguir escupiendo veneno. Pero la ducha era su santuario, sabía que allí no entraría.

Un rato después, consciente de que no podía pasarse todo el día en el cuarto de baño, decidió vestirse y pensar en el futuro. Porque, no había duda, lo ocurrido ponía punto final a la relación con su padre.

Salió al dormitorio. La cama parecía dominarlo todo. Rindiéndose a un momento de debilidad, se sentó en el lado que había ocupado Nathan, alzó su almohada y la apretó contra su rostro, gritando por él.

La amargaba y humillaba que Nathan hubiera tenido que soportar los gritos de su padre. No sabía si sería capaz de volver a mirarlo a la cara, ni si él, de hecho, querría verla de nuevo tras esa escena. Estaba segura de que nunca en su vida había sido sometido a un trato tan vil.

Se tragó las lágrimas que amenazaban con aflorar de nuevo y se vistió.

Tenía que ir por partes. Pero no sabía por dónde empezar. Por más que intentaba pensar lógicamente, la escena le nublaba el cerebro.

Primero, deshizo la cama y llevó las sábanas y las fundas de almohadas a la lavadora. Sonó el teléfono, pero su padre contestó antes de que ella llegara del lavadero a la cocina. Aun así corrió a levantar el auricular, pero oyó el sonido de línea disponible. Era obvio que su padre había colgado sin decir palabra.

Se animó un poco. Tal vez había sido Nathan.

Esperando que fuera el caso, comprendió que podría averiguarlo devolviendo la llamada. Pero antes de que pudiera hacerlo, el teléfono sonó de nuevo, cancelando el número anterior. Su padre había alzado el auricular al mismo tiempo que ella, pero como la llamada era para él, de Anna Fry, Phelix colgó de nuevo.

Se le cayó el alma a los pies. Si la llamada había sido de Nathan, su padre lo negaría. Y no habría aceptado ningún mensaje. Ni siquiera tenía sentido preguntarle.

Subió arriba para empaquetar sus pertenencias. Si se dejaba algo importante, ya lo recogería. De momento, iba a hacer lo que debería haber hecho muchos años antes: marcharse de allí.

Phelix sacó una maleta y un bolso de viaje al coche, luego volvió a su dormitorio por otra maleta y un neceser con productos de aseo.

No le apetecía en absoluto ver a su padre, pero, suponiendo que la llamada de su amante lo habría calmado, fue a buscarlo a la sala.

Él alzó la vista y apretó los labios al ver que llevaba una maleta. Ella no lo dejó hablar.

–Tendrás que buscarte un ama de llaves. He hablado con Grace; no volverá, y yo me marcho.

–¿No pensarás que Mallory quiere que vayas detrás de él, verdad? –preguntó él con acidez–. Obtuvo lo que quería. ¡Ya no te querrá llamando a su puerta!

Phelix sintió náuseas. No sabía por qué le había tocado en suerte ese padre. Se alegró de haber heredado el carácter de su madre. Deseó alejarse de él y de su fría casa cuanto antes.

–No voy a buscar a Nathan –le dijo, haciendo acopio de toda su dignidad.

–¿Dónde diablos vas entonces?

–Aún no lo he decidido. Pero no volveré –sin más que decir, le dio la espalda.

–Entonces, ha funcionado ¿no? –escupió él, que siempre quería decir la última palabra.

–¿Qué ha funcionado? –no le interesaba lo que tuviera que decir, pero años de hábito la llevaron a preguntar. Se arrepintió de inmediato.

–¡Mallory! ¡Te ha embaucado!

–¿Por qué? ¿Para vengarse de ti? –lo retó.

–Te tendió una trampa y caíste en ella –dijo su padre, moviendo la cabeza con desdén.

–No tengo por qué escuchar esto –dijo Phelix.

–Te dijo que te quería, ¿verdad? –cuando Phelix lo miró, con el rostro ardiendo, sonrió triunfal–. ¡Claro que sí! Y tú lo creíste. Debe de haberse reído mucho de ti.

La atenazaron las náuseas, no quería escuchar. No quería que su padre minara su seguridad, como había intentado hacer tantas veces, muchas con éxito, en el pasado.

–Bueno, ya te ocupaste tú de echarlo, ¿no? –dijo, con voz digna.

–¿Por qué no iba a hacerlo? El viernes me dijo claramente que iba a divorciarse de ti en cuanto tuviera oportunidad.

Phelix se quedó sin are. No sabía en qué situación estaban Nathan y ella después de lo ocurrido. Pero no le disgustaba la idea de que hubiera comentado su matrimonio con su padre. Si es que lo había hecho. Lo dudaba, pero...

Edward Bradbury debió percibir su titubeo.

–Pregúntaselo –la retó–. La próxima vez que lo veas, pregúntale si no dijo exactamente eso. Si no es el mayor mentiroso del mundo, lo admitirá.

Phelix no veía razón para que Nathan mintiera sobre algo así. Pero las dudas y la incertidumbre, que había creído eliminadas para siempre, volvieron a asaltarla. Si Nathan le había dicho a su padre que quería un divorcio rápido, le había mentido a ella al decirle que la quería.

–Conozco a Nathan Mallory mucho mejor que tú –insistió su padre–. Es un hombre rencoroso y se vengará de mí como pueda.

–¿Te extraña, después de lo que le hiciste?

–Llegaría al extremo de utilizar a mi hija para vengarse –siguió Edward Bradbury, haciendo caso omiso de lo que había dicho ella.

–Seguro que tienes razón –corroboró ella, serena. No quería oír más, tenía que salir de allí cuanto antes, a costa de seguirle la corriente.

–¡Sabes que tengo razón! –insistió su padre–. Pero ha ido incluso más allá. Su intención es robarme ese contrato que van a ofertar.

Phelix lo miró con sorpresa.

–Mallory sabe que estoy en mejor situación que él

para conseguirlo –siguió él–. Es casi como si ya estuviera firmado y en mis manos.

–Lo dudo mucho –Phelix lo miró. Lo que decía no tenía sentido–. Si estás tan seguro de que el contrato es tuyo, ¿por qué van todos los jefazos a la reunión en Suiza la semana que viene?

–Porque hay que mantener las formas, por supuesto. Los demás no saben lo que yo sé. Por eso Mallory te ha estado rondando como un perro. Pero no le interesabas tú. Sabía que yo no estaría aquí y que trabajas en mi departamento legal –chirrió su padre, minando aún más su confianza–. Una palabra, un detalle sobre el contrato, y ¿qué ocurriría? Los Mallory tendrían la oportunidad de mejorar mi oferta antes de la firma.

Phelix tenía que admitir que, aunque no sería la abogada a cargo de un contrato tan importante, ciertas secciones sí acabarían en su escritorio. Las dudas volvían a crecer y aguijonearla con sus dardos cuando Edward Bradbury le dio la puntilla.

–En cuanto se enteró de que estarías en Davos la semana pasada, voló allí para seducirte.

–Nathan no sabía que yo iba a estar en Davos –protestó ella, convencida por completo.

–¡Claro que lo sabía! Planeó hasta el último detalle.

–Nathan no pensaba ir a Davos la semana pasada. Pero un miembro del grupo falló y…

–¿Y quién crees que canceló la asistencia de ese miembro del grupo?

–No te creo –deseó salir de allí corriendo, pero no iba a permitir que su padre dijera la última palabra–. Nathan fue porque…

–Porque sabía que tú estarías allí y le pareció una

oportunidad espléndida. ¡Una semana entera para seducirte! Mejor imposible.

–¡Te equivocas!

–Sabes que no. Cualquiera de sus ejecutivos habría podido dar esa charla. No hacía falta un directivo, ¡y menos aún Mallory!

Mientras su corazón lo negaba a gritos, la inteligencia de Phelix le decía que era verdad. Nathan no tenía por qué ir a dar una charla en persona. Lo lógico habría sido que enviara a cualquier otro miembro de su personal. Su mundo empezó a romperse en pedazos. Pero, aunque le faltaba confianza, le sobraba orgullo.

–¡No te creo! –declaró, altanera.

–¡Bien, no lo hagas! –su padre estaba enfadado–. Sigue adelante y ponte en ridículo. Pero te aseguro que conozco a los hombres mejor que tú. Y a los hombres como Mallory, mucho mejor de lo que tú llegarás a conocerlo en tu vida. No imagines ni por un momento que quiere seguir casado contigo. Porque no es así. Le sirves para su propósito, nada más –empezó a alzar la voz–. Sólo le interesa saber cómo nos va con el contrato, cree que contigo de su parte ganará él. ¡Ese bastardo sabía dónde estarías la semana pasada! –gritó–. No es ninguna coincidencia que se alojara en el mismo hotel –siguió adelante, sin dejarle hablar–. Todas las empresas importantes buscan ese contracto. Tú eras su seguro por si lo conseguía Bradbury –escupió–. Incluso estaba dispuesto a acostarse contigo, para sacarte información, datos sobre cláusulas especiales y…

–¡Cállate! –ordenó Phelix. Su padre le había gritado muchas veces, pero nunca antes la había herido tanto–. Déjalo ya.

Pero Edward Bradbury sabía que había plantado la semilla de la duda en su mente y que Nathan Mallory no lo tendría fácil la siguiente vez que buscara a su hija.

–Bien. Pero no vengas a llorarme cuando aparezca en tu mesa la petición de divorcio.

–¡Puedes estar seguro de eso! –contestó ella, seca. Salió de allí antes de que su padre viera lo que habría sido la humillación final: sus lágrimas.

Consiguió llegar al coche sin derrumbarse y condujo hasta un área de descanso, donde paró un largo rato, intentando recomponerse.

Era imposible no oír las palabras de su padre resonar en su mente una y otra vez. Se negaba a creer que Nathan hubiera sabido que ella iba a estar en Suiza la semana anterior. Pero, por lógica, con el viaje planificado semanas antes, si Nathan la hubiera tenido como objetivo, podría haber conseguido esa información fácilmente.

Pero no habría sabido dónde iba a alojarse. Se animó un poco. Henry había cambiado la reserva en el último momento. Así que la presencia de Nathan allí tenía que ser pura coincidencia.

Desechó las diabólicas sugerencias de su padre. Antes de Suiza, la última vez que Nathan la había visto, era una jovencita inmadura, poco agraciada e ingenua. Él había sido muy amable con ella ocho años antes, pero dudaba de que hubiera planeado seducirla, como decía su padre, sabiendo la clase de mujer que era. A pesar del contrato.

Se apagó al recordar los muchos millones que reportaría ese contrato durante los diez años siguientes. Y más aún al pensar que Henry y Nathan se encontraban con cierta frecuencia. Nathan había sabido que era abogada y se preguntó qué más le habría dicho Henry. Tal vez que el patito feo se había transformado en cisne.

Phelix, desconsolada, volvió a tener dudas. Todo era muy distinto cuando estaba con Nathan, pero lejos de él su confianza se tambaleaba.

Se obligó a recordar el tiempo pasado con él. Cuánto le gustaba reírse con él. Cuánto lo amaba. La noche anterior había estado en sus brazos. Ningún hombre podía ser tan cariñoso si no sentía nada. Ella había disfrutado con sus besos, sus caricias, haciendo el amor…

Pero ese «Incluso estaba dispuesto a acostarse contigo» que le había escupido su padre había ensuciado ese bello recuerdo. No podía creer que Nathan hubiera llevado su estrategia de seducción al extremo de decirle que la amaba. Sin embargo, ella no sabía nada de los hombres; Nathan era el primero a quien había permitido acercarse.

Se preguntó si Nathan realmente le habría dicho a su padre que iba a divorciarse de ella, y por qué. Lo cierto era que no podía preguntárselo. Eso le haría creer que intentaba aferrarse a él y su orgullo no se lo permitía.

Ya ni siquiera estaba segura de que tuviera importancia, si lo había dicho. Que hubieran hecho el amor no implicaba ningún compromiso por parte de él. Phelix estaba tan liada que tampoco sabía qué significaba para ella, aparte de que anhelaba que él lo hubiera hecho por amor, no guiado por propósitos ocultos.

Más confusa que nunca, condujo hasta el primer hotel de aspecto respetable que vio y pidió una habitación.

Tumbada en la cama, con dolor de cabeza, se negaba a creer que Nathan le hubiera tendido una trampa para sacarle información. Se preguntó si sabía que se había enamorado de él. Tenía evidencia de que no se entregaba a cualquiera y que, por tanto, lo consideraba especial.

El sonido del móvil interrumpió sus caóticos pensamientos. Muy poca gente tenía el número y no podía ser su padre para seguir gritándole.

–Hola –contestó, pensando que sería Henry.

–Phelix, ¿estás bien? –preguntó Nathan. Ella estuvo a punto de dejar caer el móvil. Se le llenaron los ojos de lágrimas.

–¿Cómo has conseguido este número? –preguntó, después de tragar saliva.

–Ha sido difícil. He estado llamando a Henry, sin éxito. ¿Estás bien, cariño mío? –preguntó. Ese «cariño mío» casi pudo con ella–. Me arrepentí de dejarte con ese monstruo antes de haber recorrido un kilómetro.

–Estoy bien –afirmó ella.

–He estado llamando a tu casa, para recibir improperios de tu padre. Pero ya hablaremos de él después. Estoy delante de tu casa. Di una palabra y entraré a sacarte de allí.

–No estoy en casa. Me he marchado.

–¡Bien! Iba a sugerir que lo hicieras –dijo. Ella notó por su voz que sonreía. Y que empezaba a derretirla de nuevo–. Dime dónde estás e iré…

–Nathan –lo interrumpió. Tenía que saber si intentaba utilizarla o no. No podía preguntarle si le había dicho a su padre que quería divorciarse, porque él supondría que quería seguir casada. Pero había una pregunta que sí podía hacer–. ¿Sabías que estaría en Suiza antes de ir tú?

–Suenas muy seria –contestó Nathan, tras una leve pausa. Ella temió que tenía su respuesta.

–¿Lo sabías? –insistió.

–Sí, lo sabía –admitió él–. ¿Por qué…?

–¿Fui yo…? –calló, queriendo echarse a llorar y avergonzada de sí misma–. ¿Fui yo una de las razones de que asistieras a la conferencia? –se obligó a terminar. Siguió otra pausa.

–Te confieso, amorcito, que fuiste la razón más importante –contestó él.

–Gracias, Nathan –dijo ella, hundiéndose en la cama. Al menos había sido sincero. Pero su orgullo alzó la cabeza y decidió no permitirle creer que iba a aferrarse a él por lo ocurrido–. Creo que no tenemos nada más que decirnos. Adiós –no esperó a que él contestara, cortó la comunicación. ¡Nathan, su amor, le había tendido una emboscada!

Si Nathan volvió a llamar, cosa poco probable después de cómo lo había tratado, Phelix no se enteró. Apagó el teléfono. Ese domingo que había amanecido perfecto, terminó como uno de los peores domingos de su vida.

Estuvo despierta durante horas, reviviendo cada momento pasado con Nathan. Y todos ellos parecían confirmar lo que había dicho su padre sobre la intención de Nathan de seducirla.

Había estado allí desde el principio y fue a saludarla en cuanto llegó al salón de conferencias. Pero no había indicado que esperase su presencia.

Ese mismo día, se habían «encontrado» en el parque y la había invitado a cenar. El día siguiente la había seguido hasta el funicular y esa noche había cenado con él. Después se habían visto en la piscina y habían subido a la montaña.

Lo cierto era que habían pasado mucho tiempo juntos. ¡Y Nathan lo había hecho en aras del negocio!

Tras una mala noche, Phelix se levantó y decidió que estaba harta del negocio. De hecho, sólo fue a la oficina por consideración a Henry. Llegó a su despacho poco antes de las tres de la tarde, escribió una carta y fue a buscarlo.

Por suerte estaba solo y la recibió con una sonrisa, como hacía siempre. Sin embargo, al verla acercarse su sonrisa se apagó.

—Pareces preocupada —dijo, de inmediato.

—Ésta es mi dimisión —contestó ella, entregándole la carta que acababa de firmar.

—Siéntate, Phelix —la invitó él—, y cuéntame.

Ella tomó aire. No sabía por dónde empezar ni cuánto decirle.

—Ayer tuve una discusión, más bien una bronca, con mi padre.

—¿Ha vuelto a casa?

—Inesperadamente —suspiró ella—. Yo estaba con Nathan Mallory.

—¿Fuera o en casa?

—En casa.

—Eso no le gustaría nada.

—Desde luego que no. Ordenó a Nathan que se marchara. Cosa que él hizo.

—Y cuando se marchó tu padre descargó su veneno sobre ti —adivinó Henry, mirando sus ojos cargados de tristeza.

—¡Ya lo conoces! —Phelix se tragó el nudo que le

oprimía la garganta y siguió–. Grace se marchó la semana pasada y no va a volver. No vi razón para quedarme allí más tiempo.

–¡Te has ido de casa! –exclamó Henry–. ¿Dónde estás alojada? –preguntó–. Puedes quedarte en mi casa
si…

–Eres muy amable, Henry, pero estoy cómoda por
ahora. Mañana empezaré a buscar algo para alquilar o
comprar.

–Nathan Mallory estuvo intentando localizarte ayer
–le dijo Henry.

–Me llamó al móvil.

–Pensé que no te importaría que le diera el número
–comentó Henry–. Por supuesto, no se lo habría dado si
no supiera que es un hombre de impecable integridad.

–¿Crees que su integridad es impecable? –cuestionó
Phelix. Henry no era ningún tonto y solía juzgar muy
bien el carácter de la gente.

–Desde luego –aseveró Henry–. No se lo habría re-
comendado a Oscar Livingstone si no hubiera tenido
informes excelentes. Y en estos años ha reafirmado mi
buena opinión de él.

Phelix, hecha un manojo de nervios, miró a Henry
atentamente.

–¿Has oído cosas buenas sobre él?

–Teniendo en cuenta que todas las semanas me encuentro con algún industrial, si se dijera algo negativo
sobre Nathan Mallory o su empresa, lo habría oído, no
lo dudes –le aseguró Henry.

Phelix volvió a estar hecha un lío. Su mente era un
maremagno.

–Por lo que sabes y has oído de él, ¿lo consideras

capaz de utilizar una treta para conseguir el contrato de JEPC?

Henry la miró intrigado, pero se limitó a contestar la pregunta.

–No dudo de que Nathan Mallory es tan duro como el que más a la hora de los negocios, no habría conseguido que su empresa fuera un éxito tras estar al borde de la ruina hace ocho años. Es sagaz, Phelix, eso te lo garantizo, pero por lo que he visto de él, lo considero incapaz de actuar de forma injusta. Me temo que a la hora del juego sucio, es tu padre quien se lleva la palma.

–¿Dirías que se puede confiar él? –preguntó Phelix, anhelando estar a solas.

–Es completamente fiable –aseveró Henry, sin dudarlo un segundo.

–Voy a limpiar mi escritorio –Phelix se puso en pie. Necesitaba soledad para pensar.

–Yo ya me voy –dijo Henry–. Te llamaré a finales de semana. Podríamos comer juntos.

–Eso me gustaría –accedió ella. Volvió a su despacho, cerró la puerta y se dejó caer en el sillón, preguntándose si se había equivocado.

Tras una hora dedicada a desenredar emociones, mentiras y verdades, comprendió, a su pesar, que seguía estando tan dominada por la insidiosa influencia de su padre que había necesitado que Henry hablase bien de Nathan para poder verlo todo desde otra perspectiva.

No sólo había estado equivocada, al creer a su padre había sido muy injusta con Nathan.

Con la boca seca, repasó todo de nuevo, empezando porque Nathan había sabido que estaría en Davos. Había ido a directo hacia ella, saludándola por su nombre y admitiendo que se conocían de hacía tiempo, pero sin revelar que estaban casados. Como eso no aclaraba su asistencia a la conferencia, cabía imaginar que quería hablar con ella en privado.

Y por eso se había «encontrado» con ella en el parque. Tras deducir que Henry podía ser el autor de la nota anónima, era lógico que la siguiera al funicular para hablar con ella de nuevo.

No habían hablado de Henry hasta más tarde. Que hubieran pasado tanto tiempo juntos podía deberse a la intención de Nathan de averiguar datos sobre el maldito contrato, pero también a que estuviera enamorándose de ella.

Phelix empezó a arder. Intentó no esperanzarse demasiado. Ella lo amaba. ¿Cabía la posibilidad de que su amor fuera correspondido?

Había sido una idiota. Había sabido que su padre intentaría arruinar la relación y posiblemente lo había conseguido. Su «Creo que no tenemos más que decirnos» había sido antipático y terminante; tal vez Nathan no quisiera volver a dirigirle la palabra.

Phelix recordó el día en que Nathan la invitó a acompañarlo a su comida de negocios: había confiado en ella. Sin embargo, a pesar de que Nathan le había dicho que la quería, su confianza en él no había durado más allá de la maravillosa noche que habían compartido.

Phelix recuperó la plena confianza en el hombre al que amaba. Pero ella era quien había actuado mal y quien tenía que rectificar la situación, o al menos intentarlo.

Nathan era orgulloso; recordó que había dicho que

no tocaría un penique del dinero de los Bradbury cuando ella le ofreció compensarlo. Tendría suerte si aceptaba hablar con ella.

Se armó de valor. No tenía el número de teléfono de su casa, pero conocía el nombre de su empresa. Lo buscó en la guía telefónica y, temblorosa, lo marcó.

–Phelix Bradbury de Sistemas Edward Bradbury –le dijo a la recepcionista, a pesar de que ya había dimitido–. Deseo hablar con Nathan Mallory, por favor.

La recepcionista transfirió la llamada.

–El señor Mallory no se encuentra en el edificio –le dijo su secretaria personal–. ¿Puedo ayudarla? Hoy ya no volverá.

–Es muy amable, pero necesito hablar con Nathan en persona. Lo intentaré mañana —dijo Phelix, decepcionada. Esperaba tener el coraje suficiente para volver a llamar.

–¿Quiere que le dé algún mensaje? –ofreció la secretaria–. No estará disponible esta semana.

Un lucecita se encendió en la mente de Phelix. Estaba tan embrollada consigo misma que había olvidado que cualquiera que fuera alguien en el mundo de la ingeniería científica saldría del país al día siguiente.

–Suiza –murmuró, sin pensar.

–Está al tanto de la conferencia, claro.

–Estuve allí la semana pasada –confirmó Phelix–. No se preocupe. No importa –mintió, aunque era lo más importante de su vida.

Phelix salió del edificio Bradbury pensando que Nathan estaba volando a Zurich o se había ido a casa temprano para volar al día siguiente, probablemente con su padre. Las reuniones empezaban el miércoles.

Regresó a su hotel, pero no dejó de pensar en Nathan. Se acostó temprano y pasó la noche en vela. El martes por la mañana decidió visitar alguna inmobiliaria para dejar de añorar a Nathan. Pero no tenía claro qué buscaba y se limitó a mirar las fotos del escaparate con frustración. No sabía lo que quería…

Sí lo sabía. Quería a Nathan. Vio su reflejo en el cristal: una mujer esbelta de cabello oscuro a la que Nathan había dicho «Eres preciosa» y «Te quiero». De repente, supo que no podía esperar.

Nathan había dicho que confiaba en ella; ella confiaría en él. Se le desbocó el corazón. Le había dicho que la quería.

Esa tarde volaba hacia Zurich, preguntándose si estaba haciendo lo correcto. Temía que Nathan le dijera «Debes estar de broma» si iba a buscarlo al hotel. Pero descartó su miedo al rechazo y se obligó a recordar ese «Te quiero», su ternura al hacerle el amor y cómo la había abrazado después, acariciándole el cabello y asegurándose de que estaba bien.

Se sentía mejor cuando alquiló un coche y fue hacia Davos Platz. Horas después, cuando llegó al aparcamiento del hotel, volvía a ser un manojo de nervios. Ni siquiera sabía si Nathan estaría alojado allí. Y si estaba, era muy posible que hubiera salido a cenar con su padre.

Estaba a punto de echarse a llorar. No sabía qué haría si Nathan se negaba a verla y a hablar con ella; no podría culparlo tras su despedida.

Hizo acopio de coraje, bajó del coche y entró al hotel. Tomó el ascensor a la quinta planta, consciente de que Nathan sabría de inmediato que había viajado a Suiza únicamente para verlo.

Llamó a la puerta de la habitación que había tenido la semana anterior y esperó. Oyó un ruido dentro y deseó desaparecer. Pero nunca había huido de un hombre y, aunque hubiera querido hacerlo, habría sido imposible. Estaba paralizada.

La puerta se abrió y, roja como la grana, tragó saliva para aclararse la garganta reseca. Alto, moreno y guapo, Nathan estaba en el umbral.

Clavó en ella sus ojos grises y, por un momento, ella pensó que se iluminaban de alegría. En seguida comprendió que no era así.

Él parecía haberse quedado tan mudo como ella. Cuando habló no fue para decirle, como ella había temido, que se largara de allí.

–¡Te has tomado tu tiempo! –dijo con voz fría. Phelix empezó a temer que le cerrara la puerta en las narices, pero él la abrió más–. Será mejor que entres –sugirió, pero no sonaba nada contento.

CAPÍTULO 9

PHELIX entró delante de él. Había una cama doble en una alcoba, oculta tras unas cortinas y una salita de estar. Oyó la puerta cerrarse a su espalda y se le secó la boca.

«Te has tomado tu tiempo», había dicho Nathan. Se preguntó si la había estado esperando.

–¿Sabías que venía hacia aquí? –preguntó con voz temblorosa. Aparte de decirlo en su hotel, no había informado a nadie de su viaje.

–Llamé a mi secretaria después de comer –dijo Nathan, estudiando su rostro–. Me dijo que habías llamado ayer, pero que no era por nada importante –la miró expectante, pero ella había perdido la voz–. ¿Al final decidiste que sí lo era?

Ella seguía sin voz. Nathan, esperó, percatándose de sus ojeras y de su nerviosismo.

–Me parece, aunque podría equivocarme, que si has venido hasta aquí para verme, debe ser bastante importante para ti.

Phelix abrió la boca, pero se sentía incapaz de decir lo que realmente quería.

–He dejado mi trabajo, con efecto inmediato –barbotó. Eso no pareció impresionar a Nathan.

–¿Estás diciendo que como no tenías nada mejor que hacer decidiste subir a un avión…?

–¡No! –protestó ella–. No me lo vas a poner fácil, ¿verdad? –Phelix tragó saliva e hizo acopio de valor–. No te has equivocado. Esto, venir a verte, es importante para mí.

–¿Por qué no te sientas y me lo explicas? –sugirió Nathan, con voz algo menos fría.

Ella agradeció la oferta. Se sentó en el sofá y Nathan en el sillón que había al lado.

–Yo… –empezó. Volvió a quedarse muda.

–Dímelo –la animó Nathan.

–Yo… Fui injusta contigo. Quería pedirte disculpas.

–Has hecho un viaje bastante largo sólo para disculparte –comentó él, sin atisbo de sonrisa.

Ella miró su rostro. Parecía cansado como si, igual que ella, hubiera dormido poco y mal.

–He tenido algunos problemas de… confianza –confesó ella.

–Deja que adivine: tu padre te habló en contra mía, con tanto éxito que al final no sabías ni dónde diablos estabas.

–Es un buen resumen –admitió ella.

–¿Y ahora sabes dónde estás?

Phelix deseó que la abrazara. Tenía la sensación de que se expresaría mejor si Nathan la rodeaba con sus brazos. Pero le había herido al no confiar en él, y su orgullo, tal como había predicho, le impedía ponérselo fácil.

O bien… De repente comprendió que al decirle que la quería Nathan había quedado expuesto. En cierto sentido, ella le había lanzado ese amor a la cara, haciéndolo vulnerable. Y a él, puro macho, no le gustaba sentirse así.

–Sí, ya sé dónde estoy –le dijo–. Durante años he

sido dominada por mi padre. Ha intentado minar mi confianza, a menudo con éxito.

—Con tu cerebro y tu belleza, ¿cómo es posible que te falte confianza? —preguntó él.

A ella se le derritió el corazón. Era suya por completo. Deseó que su comportamiento no hubiera acabado con los sentimientos que él pudiera haber tenido hacia ella.

—Mi padre es muy listo; puede ser sutil cuando hace falta. Pero sutil o insultante, nunca deja de clavarme sus dardos —odiaba hablar de su padre así, pero Nathan era mucho más importante para ella y, a fin de cuentas, su padre no merecía su lealtad—. Creía que había conseguido escapar de su poder sobre mí. Estaba segura. Pero…

—¿Pero? —la animó él.

—Pero nunca había sentido algo tan fuerte por un hombre como… En fin, supongo que eso me hizo mucho más vulnerable.

Phelix se atrevió a mirar a Nathan. Sabía que estaba ruborizada. Su expresión no había cambiado, era severa, como si estuviera harto de las barreras protectoras que ella había levantado viviendo con su insensible padre.

—¿He de suponer, Phelix, que ese hombre por quien sientes tanto soy yo?

—¿Te atreves a preguntarlo? —protestó ella, enojada—. Después de lo que hicimos…

—Hay más formas de decir que alguien te importa, no basta con hacer el amor —afirmó él con tersura.

—No vas a perdonarme, ¿verdad? —Phelix se levantó de sofá, no necesitaba respuesta—. Entonces no tengo más que decir –afirmó orgullosa. Fue hacia la puerta pero antes de dar dos pasos, sintió la mano de Nathan en el brazo, deteniéndola y obligándola a mirarlo.

–Ah, no. Puede que seas muy inteligente académicamente, pero emocionalmente eres un casos. Me has hecho vivir un infierno, Phelix Bradbury, y no vas a librarte con tanta facilidad.

Ella dio un tirón para que la soltara. Pero sólo consiguió que la otra mano de Nathan sujetara su otro brazo. Seguía enfadada con él, no podía pretender que renunciara a todo su orgullo.

–¿Crees que eres el único que ha pasado noches en vela? –atacó. Por mucho que lo quisiera, tenía sus límites. Además, empezaba a perder la poca confianza que había recuperado.

–¡Te está bien empleado! –contestó él, áspero. Pero luego la miró y cambió de tono–. Diablos, ¡no puedo seguir enfadado contigo! Hemos avanzado mucho estos últimos días, Phelix. Te he visto pasar de mujer orgullosa, pero fría y distante, a mujer cálida, maravillosa y receptiva. He observado y admirado cómo luchabas con tus emociones reprimidas y he… esperado.

–¿Esperado? –cuestionó ella. Era incapaz de pensar a derechas mientras él la tocaba.

–Sabes lo que siento yo –Nathan taladró sus ojos verdes–. Has declarado que te importo…

–¿Sigues sintiendo lo mismo? –preguntó ella, tan nerviosa que no sabía si él había entendido que necesitaba saber si aún la quería.

Él movió la cabeza y ella casi se murió de miedo al pensar que había perdido su amor.

–Ya lo sabes –dijo él. Ella comprendió que, habiendo declarado su amor una vez, no volvería a hacerlo mientras ella callara sus sentimientos.

—Confío en ti —le dijo.

—¿Estás segura?

—Lo siento muchísimo —se disculpó ella, comprendiendo que debía haberle hecho mucho daño si no entendía que su presencia en Davos demostraba su amor por él. Necesitaba aclararse la cabeza e intentó liberarse. Él, al ver que pretendía ir hacia el sofá, no a la puerta, la soltó. Se sentaron y ella empezó a explicarse.

—Seguía perdida en el paraíso cuando mi padre irrumpió en el dormitorio el…

—Domingo por la mañana —la ayudó Nathan.

—Llevo años soportando los gritos y ataques de ira de mi padre, pero que eso ocurriera en mi dormitorio después de… —calló y tomó aire—. El caso es que mis emociones estaban a flor de piel y, de pronto, comprendí que había una tormenta. Allí estabas tú, ocho años después, con mi padre gritándote. Y él tenía el rostro contraído con la misma cólera que la noche… que esa noche.

Nathan como si acabara de comprender que en su vida había más trauma del que había supuesto, abandonó su sillón, se sentó junto a ella y agarró sus manos.

—¿Esa noche? —presionó.

—Esa noche, la noche en la que murió mi madre, había una tormenta horrible —por primera vez en su vida, se sintió capaz de sincerarse con un hombre en quien confiaba. Hizo un pausa, pero Nathan esperó, paciente—. Mis padres tenían dormitorios separados. A mi madre tampoco le gustaban las tormentas, así que fui a ver si estaba bien —su voz se agudizó y tomó aire—. No estaba bien. No había luz, aparte de la de los relámpagos, pero vi a mi padre. Su rostro era pura maldad, ira y desagrado… –su voz se apagó. Nathan apretó sus manos dándole fuerza para seguir–. Estaba forzándola.

–Oh, cariño mío –Nathan abandonó toda pretensión de distanciamiento y abrazó a Phelix.

–Mi madre era una persona sensible y gentil. Se marchó de casa esa noche –Phelix sentía la necesidad de contarlo todo–. Siempre había querido dejar a mi padre, pero él le habría quitado la custodia y no quería dejarme en sus manos. Pero esa noche no pudo más. Más adelante me enteré de que había telefoneado a Henry, el viernes me confesó que su esperanza había sido hacerla su esposa, aunque mi madre no lo sabía. Sólo eran buenos amigos, y ella necesitaba un amigo. El caso es que se hartó de abusos y telefoneó a Henry. Salió a la carretera y un coche la atropelló.

–Sigue –urgió Nathan, besando su frente.

–Eso es todo, excepto que cada vez que hay tormenta recuerdo esa escena, la expresión malévola de mi padre y a mi madre suplicando –tomó aire y empezó de nuevo–. Así que el domingo, aunque no había sido consciente de la tormenta hasta que entró mi padre, una vergüenza superior a mis fuerzas me aplastó.

–¿No era vergüenza por lo que había ocurrido entre nosotros?

–¡No! Me encantó lo que hicimos –confesó. Nathan la apretó más y siguió hablando, deseando dejar todo claro y librarse de su angustia–. ¡Sentí vergüenza por ti! Eras el objeto del rencor y el vitriolo de mi padre, y los truenos y relámpagos me hicieron revivir aquella otra escena.

–Mi dulce amor –murmuró Nathan. Ya que todo estaba claro, Nathan entendió que ella necesitaba liberarse por completo–. Acaba la historia, Phelix –le instó con voz suave.

–No hay mucho más. El domingo me horrorizó lo horrible que debía de ser para ti vivir una escena tan terrible. Me atenazaba la humillación de saber que, aunque para mí era normal, nunca habrías visto algo similar en tu familia. No quería que te sintieras obligado a involucrarte.

–Deseé llevarte conmigo –concedió Nathan.

–¿De verdad? –gimió Phelix, emocionada.

–Más que nada en el mundo. Pero tú me decías que me fuera. Podía ignorar a tu padre, pero no podía ignorarte a ti, ni el hecho de que, por cómo aferrabas la sábana contra tu cuerpo, no saldrías de la cama mientras tu padre y yo estuviéramos en la habitación.

Phelix se sonrojó. Había estado desnuda bajo la sábana, y Nathan lo sabía. Debía de haber recordado que la noche anterior le había pedido que apagara la luz antes de quitarse la ropa.

–Seguramente tienes razón –aceptó–. Pero yo quería que me pidieras que me fuese contigo.

–Querida Phelix –Nathan besó sus labios–. Volví en cuanto comprobé que tu padre bloqueaba mis llamadas. No sabía si mejoraría o empeoraría las cosas entrando, así que me quedé afuera…

–Y le pediste a Henry mi número de móvil.

–Tardé horas en localizarlo.

–Fui muy desagradable contigo, lo siento.

–Podría haberte roto el pescuezo –dijo Nathan, pero su mirada la acarició–. Tras esa conversación comprendí que tu padre había podido contigo. No sabía qué te había dicho, ni por qué lo habías creído, después de lo que habíamos compartido. Pensaba que tenía tu confianza. Yo...

—Lo siento —Phelix se disculpó de nuevo—. En serio. Es sólo que me cuesta mucho entablar relaciones y...

—¿Y?

—Aún estoy aprendiendo.

—Yo te enseñaré —prometió él, sonriente.

—Fui a ver a Henry, a entregar mi dimisión. —continuó ella—. Estaba hecha un lío, mi padre hizo muy bien su trabajo. Pero Henry me dijo, más o menos, que merecías más confianza que mi padre, y mi perspectiva cambió.

—¿Empezaste a creer que cuando dije que te amaba, lo decía en serio?

—¡Nathan! —sus ojos se llenaron de lágrimas.

—¡No se te ocurra echarte a llorar! —ordenó él.

Phelix se rió. Lo amaba con locura.

—¿Vas a perdonarme? —preguntó.

—¿Por decirme adiós después de declarar que eras la dueña de mi corazón?

—¿Te enfadaste mucho?

—Me puse lívido —admitió él, risueño—. Y mis sentimientos se desbocaron. Volé aquí ayer para no ir a buscarte.

—¿Lo habrías intentado?

—Tal y como yo lo veía, tenía dos opciones. O iba a buscarte y me arriesgaba a que me cerrases la puerta en las narices. O esperaba a que tú te aclarases, decidieras que me querías al menos la mitad que yo a ti, y vinieras a buscarme.

Phelix sonrió, su corazón amenazaba con estallar de júbilo. Aunque aún no se lo había dicho con palabras, Nathan sabía que lo quería.

—Llamé a tu secretaria…

—Entonces empecé a tener la esperanza de que no tendría que ir a buscarte.

—¿Pensaste que te buscaría yo?

—Por si llamabas de nuevo a mi secretaria, le di instrucciones de que te diera mi número de móvil y de casa —reveló él—. No contaba con que subieras a un avión para venir a mí. Pero aquí estás —la abrazó con fuerza y la besó larga y apasionadamente. Hizo una mueca traviesa—. Por tentadora que me parezcas, mi amor, quiero aclarar cualquier duda que tengas antes de…

—No tengo ninguna duda —contestó Phelix, segura de en quién podía confiar y en quién no.

—¿Qué dijo Bradbury para ponerte en contra mía?

—No habría conseguido ponerme en tu contra —confesó ella con timidez—. Supongo que todo esto es demasiado nuevo para mí. Cuando estoy contigo todo me parece bien. Pero si no estás…

—Aprovechó que no estuviera allí para defenderme, y sembró dudas —Nathan le sonrió con cariño.

—Eso se le da muy bien —admitió ella—. Empezó a ensuciar mis recuerdos diciendo que me habías tendido una trampa. Como no lo creí, me dijo que pretendías utilizarme para que te ayudara a conseguir el maldito contrato de JEPC… —calló al ver que Nathan la miraba con incredulidad.

—Ese hombre es un mundo aparte —comentó él—. Nadie sabe nada del contrato, excepto que es enorme y generara beneficios. ¿Qué más?

–Que seducirme era tu objetivo –Nathan la miró con interés–. No necesitas oír más –prefería no contarle que su padre había alegado que Nathan quería el divorcio. El futuro llegaría. Se conformaba con saber que la quería en el presente.

–¿Y? –presionó Nathan, empeñado en que no quedase nada escondido en rincones oscuros.

–Y que sólo habías ido a la conferencia porque sabías que yo estaría allí. Que así podrías…

–Es verdad –interrumpió él–. Sólo fui por ti.

Los ojos de ella se ensancharon. Él le había dicho por teléfono que era una de las razones fundamentales de que hubiera asistido, pero no la única. Lo miró fijamente y se serenó.

–Confío en ti, Nathan –dijo.

Él tuvo que besarla. Después se apartó.

–Me explicaré antes de que me hagas olvidarlo todo –murmuró, irónico–. A lo largo de los años, Henry Scott me ha ido dando información sobre la mujer con quien me casé: cómo te había ido en los exámenes, la brillantez de tu mente, cómo embellecías día a día. Fue Henry quien, tras decirme que tu belleza interior superaba a la exterior, me dijo que estarías en Davos la semana pasada. A esas alturas yo había empezado a preguntarme si no debería de ver a esa abogada estrella con mis propios ojos.

–¡Henry…!

–Tengo la sensación de que me aprueba –sonrió Nathan–. En cualquier caso, cuando un miembro de mi grupo falló, decidí ir yo.

–Me alegro.

–¡Yo también! Me fijé en ti en cuanto entraste. Conocía a Ross Dawson, claro y también a Duncan y a Chris, pero me costó creer que la bellísima criatura que estaba con ellos fuera aquella esquelética Phelix Bradbury.

–¿No me habrías reconocido si no hubiera estado con ellos?

–En cuanto vi tus impresionantes ojos verdes, supe que eras tú. Me hechizaste, querida Phelix.

–Oh, Nathan –incrédula, recordó–. Nos vimos en el parque esa tarde.

–Para entonces sabía que para mí era vital estar donde tú estuvieras –admitió él.

–¿En serio? –pensó en la frecuencia con la que se habían «encontrado» y dejó de dudar.

–Me llegaste al corazón, cielo –esbozó una sonrisa maravillosa y besó sus labios–. Aunque creo que ya lo tocaste hace ocho años, cuando, a pesar de que anhelaba salir de tu casa, fui incapaz de dejarte sola y aterrorizada por la tormenta.

Phelix estuvo a punto de decirle que lo amaba, pero algo se lo impidió. Así que le dio un beso.

–Prosperas rápidamente –murmuró Nathan, apreciando su iniciativa–. Y allí estaba yo, cielo mío, intentando negar lo que me ocurría…

–¿Querías negarlo?

–Me estaba convirtiendo en alguien a quien no reconocía –dijo Nathan–. Tuve que decirme que no me importaba que cenases con Dawson.

–Ni siquiera me hablaste –recordó Phelix.

–¿Por qué iba a hacerlo? Ya fue bastante malo verte allí, riendo con él y disfrutando de la velada.

–¿Sentiste celos? –preguntó ella, atónita.

–Podría decirse que sí –admitió él.

–¡Pero nos habíamos reencontrado ese día!

–Eso me repetía yo: que no debía importarme.

–¿Pero te importaba? –Phelix sonrió.

–Lo bastante como para decidir no volver a Londres tras dar mi charla que, por cierto, estuviste a punto de arruinar. Te miré y me quedé en blanco, perdí el hilo un momento.

–¡Oh! –suspiró ella, encantada–. Yo también quería marcharme. Cuando te vi allí, pensé en regresar a Londres en el primer vuelo.

–Me alegro de que te quedaras –murmuró Nathan–. Pero no me alegré tanto el viernes, cuando tu padre me dijo que habías volado.

–Fue por lo de Henry.

–Eso lo sé ahora, pero entonces me dio pánico haberte asustado al noche anterior cuando...

–Cuando me besaste. Te aseguro que no me asusté –para demostrarlo, besó sus labios.

–La vida era muy, muy, muy aburrida sin ti –afirmó él–. ¿Cómo pudiste irte sin decirme nada?

–Lo siento.

–Ahora lo entiendo, pero entonces me dolió. Estaba enamorado y muy vulnerable –explicó–. Había creído que todo iba bien, pero empecé a pensar que eran imaginaciones mías. Pensé que no me habías dejado un mensaje por que yo no te importaba, no por un ataque de timidez.

–No lo sabía –farfulló ella, ronca.

–¿No sabías lo que me estabas haciendo? –sonrió–. Así que te seguí a Londres, pero estaba seguro de que no te llamaría.

–No tardaste en salir con otra.

–Eh, espero que sean celos lo que oigo en tu voz –dijo Nathan, encantado.

–Lo son –admitió ella.

–No dejé de pensar en ti, así que la cita fue un fracaso. Estaba relativamente cerca de tu casa cuando empezó la tormenta.

–¿Te acordaste de mi miedo a las tormentas?

–Y también de que, si estabas en ese mausoleo de casa, era muy posible que estuvieras sola.

–Me alegré mucho de verte –admitió ella–. Y, también de que te quedaras.

Se besaron y abrazaron una y otra vez.

–¿Ya confías en mí? –preguntó él.

–Oh, sí –afirmó ella–. Me avergüenzo mucho de haber dudado de ti.

–Estás perdonada.

–Tú me habrías llevado a esa comida de negocios, ¿recuerdas? Confiabas en mí.

–Lo había hecho –contestó él sin dudarlo–. Fue un momento definitivo. Entonces supe que estaba perdido –confesó alegremente–. Llevarte a esa comida de negocios iba en contra de mi ética profesional. Pero no quería separarme de ti –la miró a los ojos y siguió–. Por eso fui tan desagradable cuando, después de desear cenar contigo todo el día, cancelaste la cita.

–Era eso o que cenáramos con mi padre.

–Lo que habría sido mortal –Nathan hizo una mueca traviesa y la besó–. Me encantó comprobar que estabas cenando con tu padre, pero también con Dawson. Sin embargo, desafiaste a tu padre y accediste a verme después. Entonces empecé a tener la esperanza de que sentías algo por mí.

De nuevo, Phelix estuvo a punto de revelarle su amor. Pero le pareció innecesario, él lo sabía. Sin embargo, Nathan la miró muy serio y ella supo que debía derrumbar barreras y sincerarse.

—En la montaña te ofrecí mi corazón. Lo dije en serio, como lo digo ahora –hizo una pausa–. ¿Quieres aceptarlo, Phelix?

—Sólo si aceptas el mío a cambio –musitó ella. Por increíble que fuera, él aún la amaba.

—¿Por qué? –preguntó él mirándola con fijeza.

—Porque… –se le quebró la voz–. Porque… –inspiró con fuerza–. Porque te quiero, Nathan.

—¡Cariño! –exclamó él. La apretó contra su pecho. Estuvieron abrazados durante unos minutos eternos. Phelix sentía que su corazón rebosaba de amor por Nathan, sin barreras.

El teléfono los llevó a separarse.

—¡Mi padre! –exclamó Nathan–. Había quedado con él. Volveré enseguida –la soltó con pesar y fue hacia el teléfono–. Disculpa. Bajaré, bajaremos enseguida –siguió una pausa en la que Phelix intuyó que su padre preguntaba por ese «nosotros». La voz de Nathan sonó alborozada al contestar–. Phelix ha llegado, a liberarme de mi angustia –otro silencio–. Ahora nos vemos –se despidió Nathan, volviéndose hacia ella.

—Yo…, eh –Phelix se puso en pie, nerviosa.

—Yo, eh, nada de nada –Nathan se acercó, la rodeó con los brazos y besó su nariz–. Le he hablado a mi padre de ti, está deseando conocerte.

—¿Se lo has contado? –jadeó ella.

—Durante el vuelo –Nathan sonrió–. Notó mi abstracción y me interrogó. Le hablé de la bella mujer con quien me había casado y de cómo…

—¡Le has dicho que estamos casados!

–¿Preferirías que no lo hubiera hecho?

–No es eso –aclaró Phelix rápidamente–. Es sólo que… mi padre dijo que le habías dicho que ibas a pedir el divorcio cuanto antes. Pensé…

–Deja de pensar y escúchame –ordenó Nathan.

–¿No le dijiste a mi padre que…?

–Sí, lo dije –reconoció él con disgusto–. Tu padre llegó regodeándose de que hubieras vuelto a Londres en el primer vuelo. No iba a reconocer que la noticia me devastaba, así que le dije lo que había estado pensando: que deseaba el divorcio.

–¿Vas a pedir el divorcio?

–¡Ya no! –exclamó Nathan–. Entonces pensaba que, dado que tu padre quería estropearlo todo, era preferible poner fin al matrimonio que él había iniciado y dedicar tres meses a conquistarte hasta que aceptaras casarte conmigo, por mí.

–¿Quieres casarte conmigo? –Phelix estaba desconcertada.

–Eso fue antes del sábado. Antes de hacerte mía, cariño. Desde entonces te considero mi esposa, la otra mitad de mí mismo. No puedo divorciarme de ti, señora Mallory –aclaró con voz sedosa–. Lo que podemos hacer, si tú quieres, es renovar nuestros votos, esta vez por amor.

–¿De verdad quieres seguir casado conmigo? –Phelix tenía los ojos nublados de emoción.

–Ya no podrás escaparte, Phelix Mallory –afirmó él–. No quieres, ¿verdad? ¿Alejarte de mí?

–Nunca –contestó ella.

–Entonces, ¿seguiremos casados y vendrás a vivir conmigo?

–Oh, sí, Nathan –contestó ella, pensando que su corazón estallaría de felicidad–. Sí.

–Cielo mío –Nathan se acercó–. Sólo un beso, antes de acompañarme a saludar a tu suegro.

–Me encantará conocerlo, Nathan.

No fue un beso, sino dos. Phelix estaba bailando con las hadas cuando Nathan, con una mirada amorosa, y haciendo un gran esfuerzo, la llevó hacia la puerta.

–Creo que debería reservar una habitación –comentó ella, intentando concentrarse en algo que no fuera lo que Nathan le hacía sentir–. ¿Qué? –preguntó, al ver que él la miraba con incredulidad.

–A riesgo de provocar tu rubor, querida Phelix, tengo una habitación de matrimonio –le recordó–. La cama es más que grande y… –sonrió cariñosamente–…estamos casados, cielo.

–Oh –suspiró ella, sonrojándose–. Oh –repitió con un deje de ensoñación.

–¿Te gustaría compartirla conmigo? –preguntó Nathan, encantado con su reacción.

–Por favor –susurró ella–. Sí, por favor.

Lo que el dinero no compra

Shirley Jump

La dama de honor se iba a convertir en la novia

Susannah Wilson, la principal dama de honor en la boda de su hermana, había concentrado todos sus sueños en hacer el viaje de su vida. El único problema era que su corazón empezaba a estar ocupado por un guapísimo extraño.

El multimillonario testigo del novio, Kane Lennox, intentaba escapar de las asfixiantes expectativas de su vida en Nueva York, pero saliendo con Susannah se estaba saltando todas las reglas.

No había sitio en su apretada agenda para los finales felices y, sin embargo, no podía apartar los ojos de ella. Por primera vez tenía algo que el dinero no podía comprar: una mujer que lo amaba por sí mismo.

Julia™

Decían que él tenía un físico impresionante... y, efectiva-
mente, cuando Nicolette Saddler cruzó por primera vez su
mirada con la del doctor Ridge Garroway sintió que algo le
causaba una profunda impresión. Sin embargo, ya estaba can-
sada de los hombres guapos y aduladores y no le interesaba
otro, en especial un atractivo médico que tenía tantos secretos
como ella. No obstante, Ridge parecía deshacer el hielo que
la congelaba por dentro. ¿Podría ser él un hombre al que me-
reciera la pena atrapar?

Herida por
el amor

Stella Bagwell

**Aquel maravilloso médico
estaba totalmente a su
servicio...**

Bianca™

**Pensaba que era una ladrona...
y al final le robó el corazón**

El multimillonario griego Leo Christakis está convencido de que los recatados y decorosos trajes sin forma que usa Natasha no son más que una tapadera para ocultar a la mujer interesada y ladina que hay debajo.

Pensando que Natasha ha estado robándole a su empresa, Leo le ordena que esté a su total disposición... dentro y fuera del dormitorio. Natasha se ve inmersa en ese mundo de lujo inimaginable hasta que Leo descubre que es inocente... ¡en todos los sentidos de la palabra! Entonces, llega a la conclusión de que no le queda otra opción que convertirla en su prometida.

¿Inocente o culpable?

Michelle Reid

Deseo™

El millonario italiano

Katherine Garbera

Marco Moretti, un exitoso corredor de Fórmula 1, y su familia, sufrían una maldición: eran capaces de conseguir amor o dinero, pero nunca las dos cosas. Eso no había supuesto un problema para Marco... hasta que conoció a Virginia Festa.

Virginia, decidida a terminar con la maldición, que también afectaba a su propia familia, estaba convencida de que lo lograría quedándose embarazada de un Moretti, siempre y cuando no se enamorara de él. La química entre Marco y ella era electrizante y la solución parecía simple, pero engendrar un hijo de Marco creó una situación imposible que podía acabar con su plan: los dos se enamoraron.

¿Conseguirían levantar la maldición que ya duraba tres generaciones?